地底アパートの最後の訪問者

蒼月海里

ポプラ文庫ピュアフル

地底アパートの最後の訪問者

目次

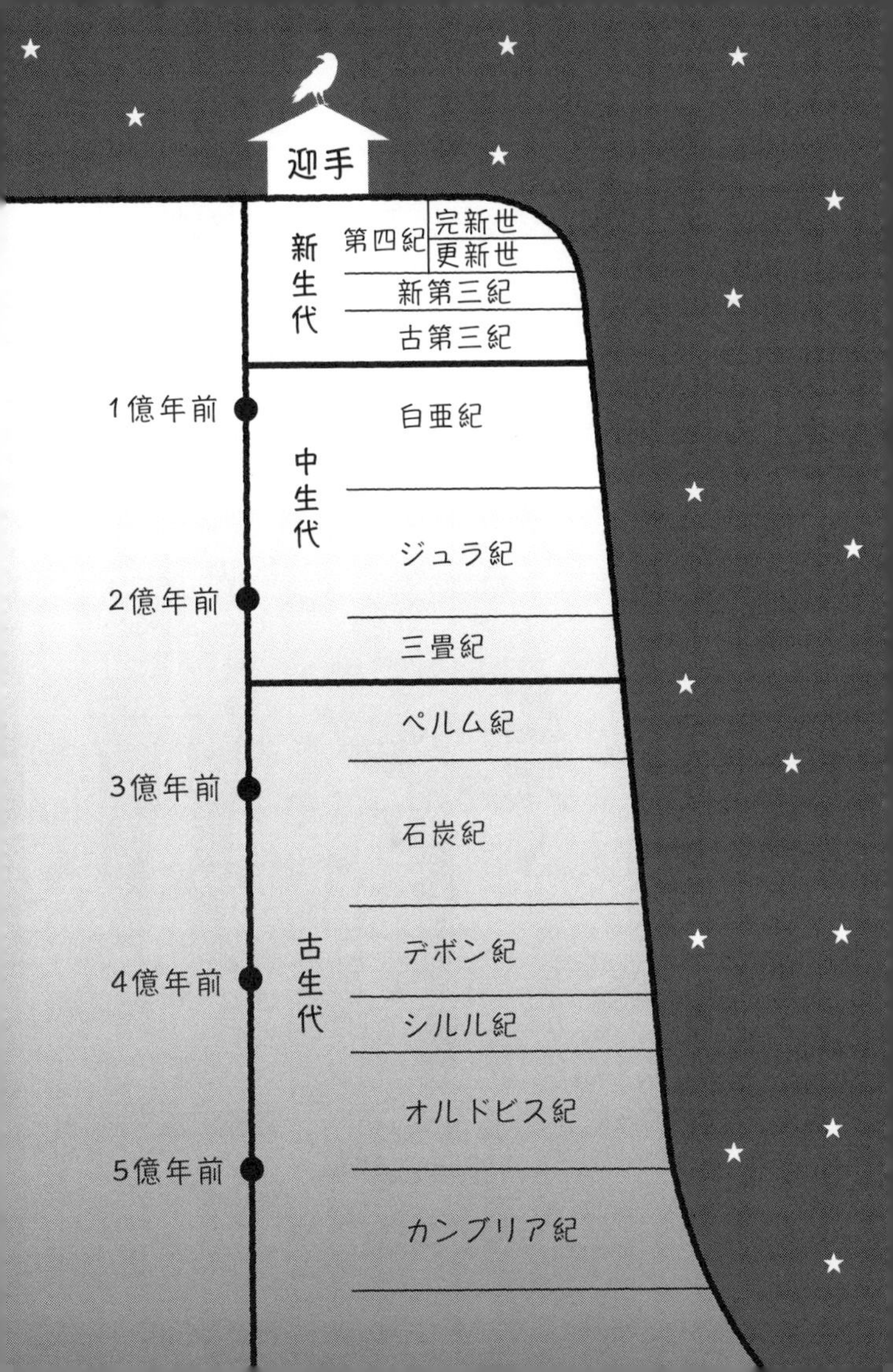

迎手
新生代
第四紀
完新世
更新世
新第三紀
古第三紀
中生代
白亜紀
ジュラ紀
三畳紀
古生代
ペルム紀
石炭紀
デボン紀
シルル紀
オルドビス紀
カンブリア紀
1億年前
2億年前
3億年前
4億年前
5億年前

登場人物紹介

タマ

ヴェロキラプトルの幼体。地底世界から親とはぐれてまぎれこんできた。もふもふ。

MAXIMUM《マキシマム》-β17《ベータセブンティーン》

201号室

通称マキシ。歴史を変えるために未来から派遣されてきたアンドロイド。苔盆栽を愛でる。

加賀美《かがみ》 薫《かおる》

210号室

モデルの仕事もしている大学生。女装すると完璧にかわいいが、男子。動物に好かれる。

葛城《かつらぎ》一葉《かずは》

202号室

主人公。ネットゲームが大好きな、気のやさしい大学生。地底アパートで一人暮らし中。

エクサ

住み込みで働く

一葉の大学に来たイケメン留学生。実はマキシとは別の未来から派遣されてきた、兵器を搭載したアンドロイド。

ファウスト

アパートの修繕係

かつて名を轟かせていた偉大な錬金術師でメフィストの相棒だった。好奇心が並外れて旺盛。

メフィストフェレス

大家

自称悪魔。雑貨屋「迎手」店長兼アパート「馬鐘荘」の大家。地下1階の食堂では毎日母の味を提供している。

これまでのお話

ゲームばかりしているために家から追い出された大学生の一葉は、妹が契約してくれたアパートに入居した。そこは、自称悪魔の大家メフィストフェレスが、ある目的のために建てた、住居者の“業”によって、地下にどんどん深くなる異次元アパートだった。深度ごとの地層年代の空間が出現し、マンモスや恐竜や地底人があらわれる環境や事件にあたふたしつつも、隣人アンドロイドや女装男子、錬金術師や人懐こいアンドロイドなど個性的な居住者たちといつしか友情をはぐくみ、すっかり順応している一葉なのであった……。

第一話　墜落！　謎の宇宙船

ついに買ってしまった。

自分の部屋に運び込まれた筐体《きょうたい》を前に、僕は興奮を隠せなかった。ただでさえ広くない部屋が、余計に狭くなってしまったけど、僕は筐体の下で眠ればいい。

これで、自宅で思う存分ゲームが出来る。

ゲームは今まで散々やって来たけど、今、目の前にあるものは一味違う。伝説級のゲームなのだ。

「葛城《かつらぎ》ー！　なんか業者さんが入ってたけど、何買ったの？」

ふんわりとしたスカートを穿《は》いた女子にしか見えない男子の加賀美薫《かがみかおる》が、鶏《にわとり》のようにモフモフした羽毛を生やしているヴェロキラプトルの幼体、タマを抱っこして部屋を覗き込む。

「見るがいい、加賀美！　僕はついに、究極のゲームを手に入れたんだ！」

僕は目を輝かせながら振り向き、思わず両手を広げる。背後の筐体を見て、加賀美は一言、こう言った。

「うわっ」

加賀美は、可憐《かれん》な顔を露骨《ろこつ》に歪《ゆが》め、明らかに引いていた。腕の中のタマは、「くるっくるっ」と興味深そうに身を乗り出している。

「いや、『うわっ』って感想はないんじゃない？　『すごいね』とか『アメージング』とか言って欲しいんだけど……」

「全てのアメージングと称《たた》えられるモノに謝罪してくれる？　っていうか、ついにここまで来たかって感じ……」

興味自体はあるのか、加賀美は少し前のめりになるものの、腰から下は明らかに引けていて、半歩下がってしまった。

「何事も、最終的には原点に返るのかもしれないな」

「このゲームが出回り始めた時、葛城はまだ、この世に生まれてなかったと思うんだけど……」

加賀美は呆《あき》れ顔を通り越して、冷めた表情だった。

あまりにも冷静なツッコミを貰《もら》ったゲームの正体は、インベーダーゲームである。

僕は今、レトロゲームにハマっていた。

「バイト代をコツコツ貯めて何を買うのかと思ったら、レトロゲームの筐体だなんて……。ゲーム中毒もここまで来れば立派なものだよね」

「加賀美もやってく？　一プレイ百円で」

「せこい！　お金を取るなんて！」

「せこくない！　友達だからって、何でもタダで借りようって方がせこい！」

「ぐぬぬ……」

加賀美は悔《くや》しそうに歯を食いしばる。完勝だ。

いっそのこと、筐体を持っていることをみんなに伝えてもいいかもしれない。プレイ料金で、筐体代を回収するんだ。そうすれば、他のゲームの筐体も買える。

僕の寝る場所は確実に圧迫されるけど、押し入れがあるから大丈夫。猫型ロボットだって、押し入れで寝ていたし。

負けを認めたくない加賀美は、「でもさ……」と口を尖《とが》らせながら言った。

「アパート内で商売をするなら、メフィストさんの許可が要るんじゃない？　ここ、葛城の敷地じゃないし、納《おさ》めるもの納めないといけないかも」

「はっ……！」

盲点だった。目を見開く僕を、加賀美がにやにや笑って小突《こづ》く。

「もしかして、筋《すじ》を通さずに商売をしようとしてたの？　それこそ、せこくない？」

「ぐぬぬ……」

タマも面白がって、僕のことを鼻先でつつく。

大家さんであるメフィストさんは悪魔だ。商売は許可してくれるかもしれないけれど、恐ろしい条件を吹っ掛けて来るかもしれない。

ここは、無料でプレイさせるしかないのか。そうなると、筐体代は回収出来ないし、新たなる筐体を買うのも夢のまた夢か。

「カズハ、カオル。何の話をしている？」

隣の部屋の扉を開けて顔を出したのは、無機質系イケメンのマキシだった。

「くるっくるぅ！」

「タマもいたのか。死角になっていたから見逃してしまった。すまなかったな」

マキシは無表情ながらも、ほんのりと優しげな声色でタマに語り掛ける。頭をそっと撫《な》でられたタマは、「くるるるっ」と嬉しそうに鳴いた。

「マキシえもーん、加賀美が苛《いじ》めるんだよ……!」

僕は、未来から来たアンドロイドであるマキシの背後に隠れる。だが、マキシはあっさりとこう言った。

「カオルはそんなことしない」

「ふふーん。マキシは、ぼくのことを分かってくれてるね。ありがと!」

加賀美は上機嫌になって、マキシに笑顔を向ける。僕の言い方はオーバーだったけど、加賀美は時々、本当に僕をおちょくるので、解《げ》せない気持ちになる。

「カズハ、これは?」

マキシは、インベーダーゲームの筐体を目敏《めざと》く見つける。

「これ、『インベーダーゲーム』っていうレトロゲームなんだ。まあ、正式名称は『スペースインベーダー』っていうんだけど。マキシ的には、超レトロゲームというか、最早《もはや》、古代文明の領域かもしれないな」

「一九七八年に登場したアーケードゲームか」

マキシは素早く検索したらしい。僕の解説の余地がない。

「侵略者である宇宙人を迎撃《げいげき》するシューティングゲームだな。インベーダーを全滅させればプレイヤーの勝利、自機が撃墜《げきつい》されたらプレイヤーの敗北というルールか……」

「補足の余地も御座《ござ》いません」

僕は完璧な解説をしてくれるマキシに、全面降伏をする。

「それにしても、どうしていきなりレトロゲームにハマったの？　ルールは単純だし、グラフィックだってドットで粗いし」

加賀美は、昭和の時代を思わせるような筐体を不思議そうに眺めていた。そんな加賀美に、僕は前髪を掻《か》き上げつつ言った。

「何事も、原点こそ至高と分かったからさ。インベーダーゲームの流行《はや》りには乗れなかったものの、全てのアーケードゲームはここに通じていると思ってね」

「ふーん。葛城にしてはまともっぽいというか、だからこそ、胡散臭《うさんくさ》いというか」

「最近発売したゲームのネット対戦で、完敗したからだよ」

あまりにも爽《さわ》やかな声が、僕達の間に割って入る。

そちらを振り向くと、爽やか系イケメンが完璧過ぎる笑みを湛《たた》えて、ひらりと片手をあげて挨拶をしてきた。

「エクサ……」

僕は顔を引《ひ》き攣《つ》らせる。

彼もまた、未来から来たアンドロイド系男子である。

「あれ？　あの事件がきっかけだと思ったんだけど、違うのかい？　対戦相手がボイスチャットをやるタイプだったから、気まぐれに相手に合わせてみたら、大変な目に遭《あ》ったってやつ」

エクサはさらりと暴露《ばくろ》する。

「大変な」と、加賀美が怪訝《けげん》な眼差《まなざ》しを寄こした。

「目に？」と、マキシが不思議そうにこちらを見つめる。

ついでに、「くるぅ？」とタマは首を傾《かし》げた。タマは可愛《かわい》い。

「まあ、うん。色々あったんだ……」

僕は大きな溜息を吐《つ》いた。

「ボイスチャットでセクハラをされたとか……」

加賀美は、些《いささ》か同情的な面持《おもも》ちになった。

「いや、それはない」

「じゃあ、セクハラをしたとか……」

「それもないからな!?　僕への信頼度低っ！」

今度は蔑《さげす》むような面持ちになった加賀美に、泣きそうになりながら否定する。

「直前にやってたゲームで、ゲーム仲間とボイスチャットをしてたから、つい応じちゃったんだけど、僕、ボイスチャットで人見知りをするタイプだったんだ。それで、もごもごしているうちに、相手が滅茶苦茶喋《しゃべ》って来て、プレイに全然集中出来なくなったって感じ」

「それが原因で、敗北してしまったのか？」

マキシの問いに、僕は首を横に振った。

「対戦は勝った。でも、勝負に負けた感じ……」

「カズハ君が一言喋る間に、相手は平均して約三言喋っていたね。ボイスチャットを繋《つな》ぐなり、『鮮血のブラッドっていうプレイヤー名、ヤバくない？　ウケるんですけど』から始まって、カズハ君の返答は、『ヒィ、スイマセン』だったかな」

エクサは、正確な記憶の糸を迅速に手繰《たぐ》り寄《よ》せてしまった。

「鮮血のブラッド……」

加賀美の顔から血の気《け》が引いている。

「む、む、昔使ってたプレイヤー名でもう封印したつもりだったけど、あ、あの時はそれしか浮かばなくって……！」

必死に弁解するものの、加賀美の顔は青いままだ。

「鮮血とブラッドで、意味が重複している」

マキシは的確なツッコミをくれた。以前、エクサがしたのと同じツッコミだ。やっぱり、そこが気になるのか。

「因《ちな》みに、謝ったカズハ君に対して、『謝ることなくない？　っていうか、気分をアゲるためにそういう名前にしてるんでしょ？　俺ってそういうセンスないからさ。面白いなって思って』という返答だったね。それに対してのカズハ君が、『ハァ、ヒィ……』だった」と、エクサは僕の口調まで真似《まね》する。客観的に聞くと、大変ヤバい。

「……相手もだいぶ喋るけど、悪い人じゃなさそうだよね。葛城はなんかこう……」

加賀美はいつの間にか、タマを抱きながら距離を取っていた。

「典型的なコミュニケーションが苦手なオタクっぽくて、キモいって言ってくれていいんだからな!?　もう、ホントに苦手なタイプだったんだってば……！」

「だが、そんな相手に勝利した。カズハは誇るべきだ」

「マキシ……」

　さめざめと泣く僕の肩を、マキシは優しく叩いてくれた。マキシは中身までイケメンだ。惚《ほ》れてしまう。

「兎《と》に角《かく》、対戦中に、最近の流行のファッションの話とか、好きなタイプの話とかを振らないで欲しいんだ……。コマンド入力や見切りに集中出来ないし……」

「あー、相手がリア充系だったんだ。ゲームを真剣にやるっていうより、コミュニケーションに使うタイプなんじゃない？　ぼくはその気持ち分かるけどな」

　リア充側の加賀美は、対戦相手に肩入れをし始めた。

「ゲームの腕前もなかなかだったけどね。僕は隣で見てて、上手いと思ったよ」とエクサは対戦相手を称える。

「成程《なるほど》。その状態で勝利したカズハは、やはり凄腕《すごうで》と言えるだろう」

「それは分かる」

「うん。それは僕も凄いと思った」

マキシが僕を評価してくれたお陰で、加賀美とエクサも褒《ほ》めてくれた。マキシはアンドロイドじゃなくて、天使の類《たぐい》かもしれない。

「まあ、レトロゲームも普通に面白いし、レトロの世界に浸《ひた》って、『終末のカノン』から受けた傷を癒《いや》すとするさ」

「なにその、ヤバそうな名前」

歩み寄ろうとしてくれていた加賀美は、大股で後退した。

「例の対戦相手の名前……」

「『終末』の部分は、カズハ君がつけたものだけどね」とエクサは補足する。そう、正式なユーザー名は『カノン』だ。

「カノンだけじゃ寂しいと思って……」

「葛城のセンスがヤバい」

加賀美はタマを抱っこしたまま、僕の手が届かないところまで退避してしまった。

「いや、そんなにドン引きしなくたっていいじゃないか。一緒にゲームしようよ」

「人攫《ひとさら》いの誘い文句みたいにゲームに勧誘するのやめて！」

加賀美が悲鳴じみた声をあげる。その時だった。凄《すさ》まじい振動が、アパート全体を揺らしたのは。

「な、なんだ……？」

僕は転ばないように足を踏ん張り、加賀美はタマを零《こぼ》さないように抱きしめる。アンドロイド二人は不動だったけれど、警戒するように天井《てんじょう》を仰《あお》いだ。

「震源は上階――いや、外からだ」

マキシはそう言い残し、異常を探るために階段を上り始める。僕達も顔を見合わせると、その後に続いた。

この馬鐘荘《バベルそう》は、地下に存在している。住人の業《ごう》に比例して深くなり、到達した地層に対応した古生物まで出てくるというトンデモアパートだ。とんでもないことは今まで何度もあったが、いずれも僕の想像をゆうに超えていた。

「ファウストさんの実験かな」と加賀美は不安そうだ。自称錬金術師のファウストさんは、基本的に碌《ろく》なことをしないので、その気持ちは分かる。

「どうだろう。予想の斜め上で、メフィストさんが雑貨屋に怪しげな商品を仕入れたとか」

「それも予想の範囲じゃないかな」

僕の予想に、エクサの鋭いツッコミが入る。

「じゃあ、エクサはどう思うんだよ」

僕は口を尖《とが》らせた。

「そうだね……。深淵《しんえん》に眠る終末、トンデモ錬金術師、巨大ロボ、地底世界と来たら
──」

「宇宙船だ」

先行していたマキシが、地上にある雑貨屋『迎手《ゲーテ》』に繋がる扉を開いて言った。

「そうそう。宇宙規模の何かがあってもおかしくないよね」と僕は頷《うなず》く。

「ああ。宇宙船が庭に落下していた」

「えっ」

頷くマキシに、一同は目を丸くする。

階段を上り切った僕達を待っていたのは、衝撃映像だった。

「本当だ、宇宙船だ……」

僕の口から辛《かろ》うじて出たのは、その一言だった。

迎手の扉は、衝撃のせいか開いていた。その向こうの庭にある菜園に、銀色に光る

円盤状の乗り物がめり込んでいる。黒煙をもうもうとあげており、焦《こ》げ付《つ》いた機体のあちらこちらから火花が散っていた。

　乗り物は金属製のようだが、妙にのっぺりしていて、表面の質感は今まで見たことがないものだった。

「メフィストさんは……!?」

　僕はハッとして、店の主の姿を探す。下敷きになったのでは、という嫌な予感が過《よ》ぎったが、店の隅っこで呆然としていただけだった。

「メフィストさん、これは一体……！」

「開店準備をしていたら、いきなり落ちて来まして……」

　メフィストさんは、震える声で言った。

「これって、宇宙船ですかね……」

　僕が問うと、メフィストさんは「あああ……」と嘆《なげ》きながら頽《くずお》れた。

「私の菜園が滅茶苦茶に……」

「気にするところ、そこ!?」

　僕は思わず目を剝《む》いた。

確かに、メフィストさんの怪しげな菜園は宇宙船の下敷きになっている。人の形をした植物であるマンドラゴラは、今わの際《きわ》と言わんばかりの表情で潰《つぶ》されていた。

「きぃぃ！　誰がこんなものを落としたんです！　ドクトルですか!?」

「真っ先にファウストさんが疑われてるよ……」

加賀美は呆れたように言った。メフィストさんに対してというより、普段から疑われるようなことをしているファウストさんに対して。

そうしているうちに、宇宙船の内側からひしゃげた扉を叩く音がした。僕達は、びくっと身体を震わせて、無言でそちらに注目する。

一体、何が出て来るのか。

目の前の飛来物はどう見ても宇宙船だし、凶悪な地球外生命体でも出て来るのだろうか。

見た目がグロテスクなのは勘弁《かんべん》して欲しい。あと、見境《みさかい》なく寄生したり食べたりするのもやめて欲しいし、戦士として戦いを申し込まれても困る。

マキシとエクサは、瞬《まばた》きせずにその様子を見守っていた。加賀美はそっと下がり、腕の中にいるタマは、つぶらな瞳をキョロキョロさせている。

そして僕は、こっそりマキシの後ろに隠れた。

やがて、扉が開け放たれ、中からのっそりと何かが這《は》い出《だ》して来た。

「出た……！」

マキシの上着に思わずしがみついてしまった僕だけど、姿を現したのは、グロテスクな外見の異星人ではなかった。

「……？」

恐る恐る顔を出したのは、赤髪の女の子だった。

背丈は低く、小学生くらいだろうか。顔は幼かったが、その目に宿る意志は明瞭《めいりょう》なものだった。瞳の色はむやみやたらに鮮やかなエメラルドグリーンで、カラーコンタクトにしか見えないほどだ。

女の子は、宇宙服のようなものを着ていた。頭にヘルメットも被《かぶ》っており、周囲を確認しつつ、宇宙服のようなものに取り付けられた機械を弄《いじ》っている。

「あ、あの……」

僕は思わず、話し掛けてしまった。

女の子はあまりにも可憐で、儚《はかな》げで、でも、プラスチックみたいな無機質さも持ち合わせていて、神秘的だった。

「初めまして。えっと、君……宇宙……人？」

ここは地球、と説明しながら、僕は歩み寄る。

女の子は一瞬警戒するも、僕が両手を挙げて何も持っていないことをアピールすると、少しだけ緊張を解いたように見えた。

女の子は、戸惑いながらも僕に話しかける。だけど、その言葉を聞いて僕は固まった。

「えっ、なんて？」

女の子は、同じ言葉を繰り返してくれる。だけど、何を言っているか全く分からない。

「言葉が分からない系女子、二度目だ……」

地底人のマーヤのことを思い出しつつ、僕は気が遠くなった。

「そうだ、ファウストさんは!?」

困った時の原因になることもあるけれど、困った時の味方になることもあるファウストさんの姿を探す。

「あのロクデナシなら、ハンズに行きましたよ」

メフィストさんは、かつての相棒に対して吐き捨てるように言った。

「えっ、でもさっき、ファウストさんの仕業《しわざ》かって……」

「ドクトルなら、遠方から円盤形ドローンを飛ばして、この庭に墜落させるくらいの芸当はしそうだと思いましてね」

「全く反論が出来ない」

僕は心底納得してしまった。

「それに、この方も一体何者やら。自家用セスナみたいに、自家用宇宙船に乗ってやって来たセレブじゃないですか？」

メフィストさんは、女の子に詰め寄る。女の子は、怯《おび》えるように後退した。

「いやいや。どう見たって宇宙人じゃないですか。宇宙船から出てきたわけですし」

「宇宙船もどきなんて、地球人でも作れるでしょう？　それに、どう見たって人間の小娘です」

確かに、女の子の姿は地球人とほぼ同じだ。これで足が八本あったり、後頭部がむやみに長かったりすると、一目瞭然だけど。

「彼女――いや、その人物は異星人のようだよ」

　僕達の間に割って入ったのは、エクサだった。

「スキャンした結果、体細胞の構成が地球の生物と異なる。よって、異星からの来訪者だと予想される」

　マキシもまた、大真面目《おおまじめ》な顔で言った。

「流石《さすが》はアンドロイド組！　っていうか、エクサはわざわざ言い直したけど……」

　彼女、というのを訂正したのが気がかりだ。

「性別はよく分からなかった。地球の人間とは性分類が違うのかもしれないね」

「そ、そっか……」

　つい、反射的に女の子だと断定してしまったけれど、それは、相手が全体的に華奢《きやしゃ》な雰囲気で、庇護欲《ひごよく》をそそる外見だったからだ。

「それじゃあ、言語は……」

「それは情報不足かな。コミュニケーションを重ねれば、多少は翻訳出来るかもしれない」

　エクサは、ひょいと肩を竦《すく》めた。

「宇宙人ねぇ」

メフィストさんは、ジロジロと相手を見つめる。宇宙人は居心地が悪そうな顔をしながらも、自分のことを指して、口をパクパクと動かした。

「えっと、ニ……コ……？」

僕にはそう聞こえた。復唱した僕に対して、宇宙人はぱっと表情を輝かせる。

もしかして、宇宙人の名前だろうか。僕はそっと相手を指さし、「ニコ」と呼んでみた。

すると、相手は嬉しそうに微笑《ほほえ》む。

どうやら、ニコという名前で間違いないらしい。

「ふむ。意思の疎通《そつう》は出来ているようですねぇ」

メフィストさんは感心してくれる。

「筋肉の動きは、地球の人間と似ているようだからね。表情で意思の疎通が図れそうで、助かったよ」

エクサは、うんうんと頷いた。

僕は、ニコに自己紹介してみせる。ニコは、口を大きく開いてたどたどしく、「カ

「……ズ……ハ？」と呼んでくれた。それを見た加賀美は、「じゃあ、ぼくもぼくも！」とニコのもとへ歩み寄る。

僕達が自己紹介で盛り上がる一方で、マキシはニコの宇宙船を分析していた。

「地球上に存在しない金属で作られている。主な成分は鉄だが、特殊な加工を施《ほどこ》された合金だ」

「はぁ……。地底人の次は、宇宙人ですか。何とかして、私の菜園を元に戻して欲しいものですが……」

メフィストさんは、しょんぼりした様子で被害に遭ったマンドラゴラを回収する。引っこ抜くと絶叫をあげる恐怖の植物だが、土自体が巻き上がってしまったので拾うだけで収穫出来た。

「っていうか、なんで宇宙船が落ちて来たの？　それに、何処《どこ》から来たわけ？」

加賀美は根本的な質問をする。宇宙人と出会ったことへの感動のせいで、異常事態だということをすっかり忘れていた。

「そうだ……。宇宙人に会えて良かったねっていう話じゃなくて、宇宙船が落ちて来たという異常事態だったんだ……」

トンデモアパートに住んでいるせいで、すっかり常識がバグっていた。

「恐竜にも会ったし、地底人にも会ったし、もう、何が出ても驚かない気がする。あとは神様かな……」

「大旦那《おおだんな》に会いたいので？」

マンドラゴラを雑に引《ひ》っ摑《つか》むメフィストさんが、首を傾げる。そう言えば、この人は神様と勝負をするために馬鐘荘を作ったんだった。

「いや、なんかもう、一通りのビックリ要素は網羅《もうら》しました」

僕は、意識をニコに戻す。

ニコもまた、必死にこちらに何かを訴えかけているが、言葉がさっぱり分からない。宇宙船を指さしているので、宇宙船に関することだというのは辛うじて分かるのだけど。

「宇宙船を直したいんじゃない？」

「流石は加賀美！　お察し能力が高い！」

言葉が通じなくても、状況は明白だった。ニコが乗って来た宇宙船は壊れている。ならば、直したいのは当たり前だろう。

「でも、宇宙船を直す道具なんて……」

僕達が首を捻《ひね》っていると、宇宙船が滅茶苦茶にした敷地に影が差す。

「お困りのようだな！」

「間に合ってます！」

反射的にお断りしてしまった。振り向かなくても分かる。この声は、偉大なロクデナシ錬金術師のファウストさんだ。

「遠慮するな、カズハ君！　俺は、困っている若者に積極的に手を差し伸べたい」

僕が振り向くと、ハンズの袋をぶら下げたファウストさんが、無駄にいい笑顔をしていた。

「僕よりも、ニコに手を貸してあげて下さいよ。宇宙船が壊れて困ってるので……」

「何⁉　宇宙船だと……！」

ファウストさんは困っているという話をスルーして、庭を滅茶苦茶にした機体に駆け寄る。

「地球上には存在しない合金が使われている。修復は困難だ」

宇宙船の様子を一通り眺めていたマキシは、ファウストさんに言った。

「ははあ、なるほどなるほど。実に興味深いな。不要だと思われる部分はサンプルとして頂きたい」

ファウストさんは、目を輝かせながら宇宙船に触れ、外れかけたネジを弄ったり、表面を執拗《しつよう》に撫でたりしている。困っているニコをどうにかしたいというより、宇宙船への興味に心が奪われていた。

流石は、好奇心の塊《かたまり》だ。

ニコも僕達も、気が気でない面持ちでファウストさんを見守っていた。

一頻《ひとしき》り観察し終えると、「よし」とファウストさんは僕達の方を振り向く。

「マキシマム君の言うとおり、同様の素材での修復は困難だ。だが、地球の素材で代替えすれば、何とかなりそうだ」

「えっ、本当ですか!?」

僕が声をあげる中、ファウストさんの言葉が分からないニコは、不思議そうな顔をしている。でも、ファウストさんの得意顔を前に、悪い予感は抱いてなさそうだった。

「宇宙船が落ちた場所が、池袋《いけぶくろ》でよかった」

「まあ、僕達がいますからね」

分析力があるマキシやエクサ、そして、常識では図れないことを簡単にやってのけるファウストさん達がいる。感動する僕に、「いいや」とファウストさんは笑顔で首を横に振った。

「ハンズがあるからさ」

それなら、新宿《しんじゅく》や渋谷《しぶや》でも良かったのでは、と思いながら、僕達はハンズにやって来た。

正確には、メンバーは僕とファウストさんとニコだ。

マキシとエクサは宇宙船の解析を、メフィストさんは庭を片付け、加賀美はそれを手伝うらしい。因みに、タマは目立つので、お留守番だ。恐竜の幼体なんて、怪しげな研究機関に狙われること間違いなしだし、「鶏です」と誤魔化《ごまか》しても目立ってしまう。

その点、ニコは宇宙人だというのに見た目が僕達とあまり変わらないし、街中を歩くのは楽だ。

また、マキシとエクサの分析によると、ニコはこれで成人らしい。僕達よりも、背が低くて童顔な種族なのかもしれないとのことだった。

「いやはや。まさか天の国の力が及ばない、異星の民と街歩きが出来るとは」

ファウストさんは感慨深げに言った。

「天の国を知ってるファウストさんも相当なものですけどね……」

何なら、宇宙人の方が現実味を帯びている。

ハンズの大きなビルを前に、ニコは驚いたような顔をして、しげしげと観察していた。

因みに、事あるごとに、ニコは宇宙服の装置をカチャカチャと弄っていた。何をしているのか気になるけど、あんまり眺めるのも悪いかなと思って目をそらす。その一方では、ファウストさんが食い入るように見ているけど。

食い入るように見ていると言えば、ニコの宇宙服もそこそこ注目を集めている。通りすがったカップルが、チラチラとこちらを気にしていた。

「休日の池袋だから、目立たないと思ったのに……」

池袋のサンシャイン通りは、むやみやたらに人が多い。その中には個性的なファッションをしている者も多く、偶《たま》にコスプレイヤーが出没する。今も、青緑色の髪をしたツインテールのキャラクターのコスプレをした人が通り過ぎて行ったが、カップルはそちらに目もくれなかった。

「ニコ君が愛らしいから、注目を浴びているのかもしれないな！」

ファウストさんの推測に、なるほどと納得する。

「確かに……。幼くて可愛い女の子が、宇宙服っぽい衣装を着てると思うと、何となく眺めちゃいますよね」

そう言えば、カップルの眼差しは何処となく微笑ましげだった気がする。

「もしくは、誘拐犯だと思われたのかもしれない」

「えっ、幼女を連れている怪しい男二人組だと思われてる可能性!?」

冷静になってみれば、カップルの眼差しは何処となく胡乱《うろん》げだったような気がする。

「早くハンズに入りましょう！　警察を呼ばれる前に」

「はっはっは。それは、誘拐犯の台詞《せりふ》だな」

ファウストさんは笑いながら、ニコと一緒にハンズの中に入る。僕は笑っている余裕なんてなかった。

僕達は、ハンズのヘビーユーザーであるファウストさんについて行く。上りエスカレーターで上階に上がると、マテリアルのコーナーに辿《たど》り着《つ》いた。

「さあ、ここなら何でも揃《そろ》うぞ！」

ファウストさんは、両手を広げて高らかに言った。

ニコは、目をキラキラさせながら、棚に陳列されている各種素材や、工具を見つめる。

僕も、つい夢中になってしまった。大小各種取り揃った木材や、アクリル板、そして、ゴム素材まである。

「でも、金属はそんなになさそうな……」

「DIYでの加工が難しいからだろうな。一般家庭に、プレス機や旋盤《せんばん》があるなら別だが」

ファウストさんは、しみじみした口調で言った。

「えっ、じゃあ、どうするんですか？」

「一番種類が多く加工がし易《やす》い、木材にしよう」

「木材ィ!?」

僕の素《す》っ頓狂《とんきょう》な声がフロア内に響く。木材を眺めていたお爺さんや、工具を見比べていたおじさんが目を丸くしてこちらを振り向いたので、慌《あわ》ててお口にチャックをする。

「いやいや、木材だと燃えちゃうじゃないですか！　そもそも、木材で宇宙空間を飛ぶなんて聞いたことがないですよ!?」

「日本の匠《たくみ》の技《わざ》で、木で出来た温《ぬく》もりある宇宙船を飛ばすなんて、浪漫《ろまん》があると思わないか？」

「ファウストさんが手掛けると、ドイツの匠の技になるのでは」

ファウストさんは日本語がペラペラで米が好きだが、一応、ドイツ生まれの錬金術師だ。

「祖国に寄せるなら、石の文化だからな。石で宇宙船を作るのは難しい」

重量も重いし、加工が難しいので精度を出し難《にく》いと、ファウストさんは尤《もっと》もらしいことを言う。

「解せない……」

つい数秒前まで、木で宇宙船を作ると提案した人とは思えないほどの真っ当な意見だ。

「ニコ、どうしようか。ゴムだったら、宇宙船の隙間を埋めるくらいなら出来ると思うけど……」

僕はニコの方を振り返る。だがニコは、コアラのように角材をぎゅっと抱きしめていた。

「木材を気に入ってる!?」

「ほら、ニコも木材がいいと訴えているじゃないか。因みに、その色味は、檜《ひのき》だな？」

「見ただけで何の木か分かるレベルに木材が好きだったんですか!?」

そう言えば、ファウストさんは巨大ロボを木で作ったことがあった。最早、木材のエキスパートなんだろう。

ニコは、じっと僕のことを見つめる。まるで、欲しいものをねだる子供のような訴える目で。

「で、でも、木材だとニコの星に戻る時、大気圏突入の際に燃えちゃうような……」

「燃えないように加工すればいい」

ファウストさんは、さらりと言った。

「毛羽立たないようにニスを塗ればいい、と言わんばかりにあっさり言わないで下さい……」

「カズハ君、俺が何なのか忘れたのか!?」

「えっ、本当に何でしたっけ。忍者の格好をしたり、DIYをしたり、米びつを空《から》にしたりと忙し過ぎて、最早、ファウストさんの職業が行方不明なんですけど……」

「そう。ある時は忍者、ある時はクラフトマン、ある時はごく潰し――」

「自分でごく潰しって認めてるよ……」

「しかしてその実態は、ハンズメイトだ!」

「錬金術師ですよね!?」

得意顔でハンズユーザーであることを主張するファウストさんに、僕は思わずツッコミをしてしまった。

「なんだ。分かってるじゃないか」

「ああ……、誘導にあっさり引っかかってしまった……」

とぼけたふりをしたのに、ファウストさんの方が一枚上手だった。流石は、メフィストさんの元相棒。メフィストさんは、さぞ胃が痛かっただろう。

「カズハ君も知っての通り、俺は錬金術師だ。木材を燃えないように、かつ、宇宙空間でも使用出来るようにコーティングすることなんて、朝飯前でな」

「錬金術って、何でも出来るオーバーテクノロジーや魔法のことじゃないですからね？」

錬金術は、化学の前身にもなった学問のはずだ。僕の知識とファウストさんの常識には、齟齬《そご》があるのかもしれない。

「まあ、ファウストさんがどうにか出来るならいいです。ニコも気に入ってることだし、檜の角材を買いましょうか」

「そうだな。そんなに高くないはずだから、頼んだぞ、カズハ君」

「えっ」

思わず、目が点になってしまった。

「今、何と仰《おつしや》いました？」

「頼んだぞ、と」

「支払いは僕……？」

「俺は先ほどの買い物で、すっからかんになってしまってな！」

ファウストさんは、無駄に胸を張った。ハンズで素寒貧《すかんぴん》になる人なんて、初めて見た。

ニコは、じっとこちらを見つめる。体格差の関係で、上目遣《うわめづか》いになっていた。

ニコの瞳は地球人よりも澄んでいて、虹彩《こうさい》と瞳の形がやや独特だったけれど、綺麗な目だなと思った。だから、余計に純真に見えてしまう。

「や、やめてくれ……！　そんな目で見ないでくれ……！」

目は口程《ほど》に物を言うというけれど、今のニコが、まさにその通りだ。言葉が通じないのに、ニコが健気《けなげ》に訴えて来るのが分かる。

「お兄ちゃん……買って……。この角材……買って……」

「やめてくれーっ。僕が妹属性に弱いと知っての攻撃かーっ」

思わず、目をそらしながら悲鳴をあげるものの、ハッと気付く。無言で見つめるニコの背後に、ファウストさんがいた。

「ファウストさん、裏声でニコに声を当てないで下さい」

「君の決意を促《うなが》そうと思ってな」

「いや、いらないですから。そんな配慮」

僕はニコから角材を受け取り、レジへと向かおうとする。だが、そんな僕をファウストさんが止めた。

「待て、カズハ君」

「えっ、まだ何か……!?」

思わず構える僕に、ファウストさんは携帯端末を渡す。

「俺の会員証に、ポイントをつけておいてくれないか？」

「ポイント目当てか――い！」

僕は目を剝き、ここ一番のツッコミをしてしまった。


ニコは角材を抱きながら、笑顔で売り場を後にした。

宇宙服を着た女の子という見た目でもかなり注目の的だったのに、角材を抱いているので更に注目を浴びている。

悪い人に攫《さら》われたら大変だなと思いながら、僕はさり気なくニコを庇《かば》うような位置で歩いた。

「そうだ。文具売り場に行っていいですか？　ボールペンが切れてるのを思い出して」

「ボールペンの機嫌を直したいわけだな」

「その『キレてる』じゃないです」

ファウストさんのボケに、いつものようにツッコミをした。すると、ファウストさんがきっぱりと反論する。

「君が正しい日本語を使わないからだ」

「えっ、まさかの反撃。ファウストさんに、正しいことを要求されるなんて思わなかった……」

些《いささ》かショックを受けつつ、正しい日本語を考えてみる。

「ボールペンのインクが無くなった、ですかね」

「インクが切れた、でも間違いではなさそうだ」

ファウストさんは真面目顔だった。ニコは、宇宙服の装置をカチャカチャと弄っていた。

僕はそんな様子に違和感を覚えつつ、文具売り場へ向かう。

「あっ、恐竜の文具がある」

売り場の真ん中に、恐竜形の文具が集められていた。ティラノサウルスのセロテープカッターや、ステゴサウルスのペン立てなんかがある。

「ふむ。これはタマだな？」

ファウストさんは、牙を剝き出しにしているちょっと強面《こわもて》の恐竜のスマホ立てを見つけた。モフモフでつぶらな瞳のタマとは似ても似つかなかったが、商品名にはヴェロキラプトルとの表示がある。

「こわっ。ああ、でも、ジュラシックシリーズのヴェロキラプトルは、こんな感じでしたよね」

『ジュラシック・パーク』や『ジュラシック・ワールド』の作中でラプトルと呼ばれている種類は、実は、デイノニクスがモデルになっているらしい。なので、実際のヴェロキラプトルよりもがっしりとした体格とのことだった。

「加賀美に買って行ってあげ……いや、趣味じゃないか……」

加賀美はどちらかというと、可愛いものを好む。デフォルメされたぬいぐるみなら喜びそうだが、目がぎょろりとして歯が剝き出しのリアルな恐竜グッズは、あまり好まなそうだ。

でも、僕はちょっと欲しい。手塗りなのか個体差があったので、一番イケメンなヴェロキラプトルを選んだ。

「……」

ニコは、恐竜の文具をじっと見つめている。角材のように抱きついていないので、欲しいわけではないのだろうけど、気になるらしい。

「それは、昔、地球――この星で暮らしていた生き物だよ。恐竜っていうんだ」

僕はニコに目線を合わせながら、恐竜達を指し示す。ニコは、僕とファウストさん、そして、恐竜を交互に眺め、分かったような、分かっていないような表情で目を瞬《しばたた》かせた。

「っていうか、ニコが地球に来た時、タマを見てたんだった……。タマが、今生息している生き物だと思われてたらどうしよう……」

タマは、馬鐘荘と繋がっている概念世界の恐竜時代からやって来た存在だ。イレギュラーの中のイレギュラーである。

「ニコ君に、他の生き物も教えられたらいいんだがな。猫や犬のホムンクルスでも造るか……」

ファウストさんは、極めて真面目な顔でとんでもないことを言う。

「造るよりも、猫カフェの猫や誰かの飼い犬を紹介した方が、早いし、安全なのではないでしょうか……!?」

僕は震える声で、ファウストさんの不穏な試みを阻止しようとする。何なら、ハンズに猫と戯《たわむ》れるスペースもある。

「甘いな、カズハ君。ホムンクルスならば、毛の色も長さも、頭の数も思いのままだぞ！」

「そういう倫理観がギリギリアウトな発言はやめて頂けますか!?」

「カズハ君。頭の数で差別をしてはいけない」

ファウストさんは、諭《さと》すように僕の肩を叩く。

「あれっ、僕が非道みたいな流れに……」

「それに、ホムンクルスは最期《さいご》まで面倒を見るし、何が幸福か、生態を観察しつつ追求したい」

「意識が高いマッド錬金術師で安心しました……」

ファウストさんの倫理観が高いことは分かったけれど、マッドであることは否定出来なかった。

「それにしても、我ながら、頭が三つの犬はいいな。ケルベロスをこの手で造りたくなってきた……！」

　ファウストさんの双眸《そうぼう》が好奇心で輝く。まずい。変なスイッチが入ったかもしれない。

「そ、それよりも、ニコの宇宙船ですよ！　ニコの宇宙船を直すために、木材を燃えない何かでコーティングしてあげないと！」

「そうだったな。失敬！」

　ファウストさんは、分かってるさと言わんばかりにサムズアップをした。とてもいい笑顔だが、余計に不安だ。

「それにしても、ニコはどうして宇宙服を脱がないんでしょうね」

　レジにてヴェロキラプトルのスマホ立てを買った僕は、宇宙服の装置を弄るニコを眺めながら、ファウストさんに問う。

「地球とは全く異なる星から来ているからだろうな。酸素の濃度も違うのかもしれない」

「あ、成程……」

僕達は、気が遠くなるほど長い年月をかけて地球の環境に適応してきたけれど、ニコはそういうわけじゃない。酸素が濃過ぎるかもしれないし、薄過ぎるかもしれないし、そもそも、酸素以外のものが必要かもしれなかった。

「見た目が似てるから、生態も似てるのかと思いましたけど、そもそも、体細胞の構成が違うってマキシが言ってましたもんね」

「その通り。見た目に惑《まど》わされると真理が遠のく。見た目に左右されず、本質を見極めなくては」

「本質……」

僕はニコを見つめる。ニコは宇宙服の操作が終わったようで、不意にこちらを見上げた。

僕とニコの視線が絡み合う。ニコは警戒した様子もなく、にっこりと可憐に微笑んだ。

「ぐっ……！」

心臓に衝撃を覚え、絞《し》め殺されたような声をあげてしまった。本質がどうであろうと、ニコが可愛ければ何でもいいのでは、という気持ちになる。

「やばいな。本題に触れる前に死ぬかもしれない。ニコが可愛過ぎて、尊くて死ぬ」

「カズハの感情が高ぶり、心臓に負担がかかっているように見えます。それは、死の予兆なのでしょうか？」

「そうだよ、ニコ。人は尊くて死ぬんだ……」

僕は心臓の位置を押さえながら、ニコに応じた。

「えっ？」

僕は、ニコを二度見する。ニコは、少し不安げにこちらを見つめ返した。

「ニコの言っていること、分かりますか？　ニコの翻訳機が正常に作動しているなら、応答願いたいです」

宇宙服越しに、愛らしいニコの声が聞こえる。

ファウストさんは、「おお。ようやく翻訳機に情報が蓄積されたようだな。ばっちりだぞ、ニコ君」と状況を完璧に把握しつつニコに応答した。

「ニ、ニコが……」

「はい、ニコです」

ニコは、にこやかに微笑む。

「ニコが喋ったぁぁぁぁ！」

僕の悲鳴は売り場の隅まで響き渡ってしまい、何事かとすっ飛んで来たスタッフさんに頭を下げる羽目になってしまった。


僕達は、駆け足で馬鐘荘に帰った。

ニコは口調こそたどたどしいものの、意思の疎通はしっかり出来る。どうやら、宇宙服の装置に翻訳機が入っていたらしい。それに言語を覚えさせるために、ファウストさんは正しい日本語を使わせようとしていたのか。

少しだけ片言のニコを前に、加賀美は「ずるいほど可愛い！」と目を輝かせていた。

一先《ひとま》ず、僕達は食堂へと集まる。メフィストさんは人数分のお茶を用意してくれたけど、ニコは宇宙服が脱げないので、お茶のサンプルを貰うのみとなった。

「ニコ、喉《のど》渇かない？」

僕が尋ねると、ニコはきょとんとしていた。そんなニコに、マキシが言い直した。

「地球人は水分を摂取する必要がある。お前は、その必要はないのか？」

「ニコの宇宙服が、定期的に栄養を注入してくれるので問題ありません。お気遣い、有り難うゴザイマス」

ニコは、僕に向かってぺこりと頭を下げる。ずるいほど可愛い。

「喉が渇くっていう概念もないのかぁ。っていうか、宇宙服が栄養を注入するって、なんかこう……」

加賀美は、恐る恐る、ニコの宇宙服を見つめる。ニコは、純真無垢《むく》な表情を返した。

「宇宙服から伸びているチューブが、ニコの体内に直接注入しているんです」

「ぎゃー。そのテの痛そうな話、ぼくはダメだから～」

加賀美は、必死になって両耳を塞《ふさ》ぐ。

「でも、宇宙服に保管している栄養には限りがあるので、ニコは定期的に宇宙船に戻らなくてはいけません」

「その宇宙船ですが、角材一つで何とかなるんです？」

メフィストさんは、ニコでなくファウストさんを胡乱げな眼差しで見やる。

「任せろ！　必ずや、ビックリするほどの改造を施してみせる！」

「余計なことをしたら、ご飯抜きにしますから」

早くも厄介ごとを起こそうとするファウストさんに、メフィストさんは氷のごとき冷ややかなツッコミを入れた。

「まあ、宇宙船のことはドクトルに任せましょう。もし、不穏な動きを一つでもしたら、容赦なくご飯を抜きますし」

メフィストさんは、ニコの方を向き直る。

「で、あなたはどうして空から降って来たんです？　通りすがりの宇宙人というわけではないのでしょう？」

「それが……」

ニコは急に、表情を曇らせた。

「宇宙海賊と戦って、船を沈められたんです……」

「えっ」

メフィストさんのみならず、僕達も耳を疑う。

ニコの存在も非現実的だが、宇宙海賊という単語を現実のものとして聞くとは思わなかった。

「そ、それって、地球の近くで……？」

「はい、実は……」

ニコがあまりにも真剣な顔をしているので、僕は携帯端末でネットニュースを見てみた。

すると、『上空に謎の光。火球か!?』という見出しで、燃え盛る何かが空に写っている写真が掲載されていた。

「なんだこれ。気付かなかった……」

「まあ、地下にいたしね」と加賀美は納得顔だ。確かに、目撃時間は、僕達がインベーダーゲームについて話していた真っ最中だった。

「それじゃあ、宇宙海賊が攻めて来るんじゃあ……!」

戦慄《せんりつ》する僕に、「安心して下さい」とニコは言った。

「宇宙海賊の船は、ニコが全て撃墜しました。ただ、最後の一機とは刺し違えてしまって、ニコも落とされてしまったのです……」

ニコ曰《いわ》く、ニコ達は三十一光年離れた星から、ワープシステムを利用してやって来たという。

ニコ達の惑星の宇宙開発は発達しており、周辺の惑星をテラフォーミングして居住地を増やしているとのことだった。

「凄い……。僕達で言う、月や火星に住むようなものか……」

　最早、ＳＦだ。

　僕は、ＳＦの塊であるマキシとエクサの方を見やる。僕の視線から、言わんとしたことを察したエクサが答えた。

「僕達が来た未来も、そこまで発展していなかったね。詳細は教えることが出来ないけど」

「そうだな。ニコが住まう星は、我々の文明を遥かに凌駕《りょうが》している」

　マキシもまた、エクサに頷く。

「未来から来たイケメン型ロボットのお墨付きで凄いだなんて……」

　僕はニコを眺めながら慄《わなな》いた。

「でも、発展していいことばかりではありません。星と星の間を短時間で移動出来るというワープシステムを悪用し、他の星を略奪しようとする宇宙海賊が現れました。ニコは、その宇宙海賊を鎮静化する治安維持部隊の一人だったのです」

「治安維持部隊……」

　首を傾げる僕に、「警察みたいなものじゃないの？」と加賀美は言う。

「そうか！　宇宙刑事!?」

「若さって振り向かないことらしいですねぇ」

目を剝く僕に、メフィストさんは謎のコメントをくれた。

「愛は躊躇《ためら》わないことのような気がする……。いや、そんなことはどうでもいいんだ。ニコが滅茶苦茶凄い人だっていうのは分かった！」

「えへへ……、ニコ、恐縮です」

ニコははにかむように微笑む。なんだこれ、可愛い。

「それじゃあ、地球は宇宙海賊に狙われていたけど、ニコがどうにかしてくれたお陰で助かったってこと？」

加賀美が問うと、ニコは「はい！」と元気いっぱいに答えた。最早、「お弁当を残さずに食べた？」と聞かれて、いい返事をする幼子のようだった。

「それならまあ、いいのですが。地球の人間には、まだまだいなくなられては困りますからねぇ」

メフィストさんは、美味《おい》しいパン屋さんが潰れられては困る、くらいのノリで僕達のことを心配してくれた。

「だが、気になるな」

マキシは、何処となくしかめっ面《つら》になりながら呟《つぶや》く。

「僕も気になるところだね。宇宙海賊の機体の残骸《ざんがい》が、何処へ落ちたのか」

「あっ……」

僕達はハッとした。ニコが撃墜したということは、ニコと同じように彼らも地上に落ちているはずだった。

「ニュースはなんて？」

加賀美は、僕の携帯端末を覗き込む。僕もニュースをちゃんと読んでみるけれど、謎の光が幾つ落ちて来たかは書いていない。

「SNSでは話題になってるみたいだけど、複数の光が落ちたという話はないな。ニコの宇宙船が明る過ぎて、他が見えなかったとか……」

「有り得ない話ではありませんが、気になりますね」

ニコも顔を顰《しか》めた。

「どちらにせよ、ニコは残骸を回収しなくてはいけません。この星の方々に迷惑を掛けてしまいますし」

「あなたの宇宙船も、私の庭を無茶苦茶にしてくれましたしねぇ……」

メフィストさんは、こめかみに青筋を立てながら、歪《いびつ》な笑みを浮かべてみせる。

「す、スミマセン……。ニコ、悪いヒトです……」

ニコはしゅんと俯《うつむ》き、涙目になる。これでは、意地悪な姑《しゅうと》と可哀想《かわいそう》な嫁のようだ。

「ひとでなし！　ろくでなし！」と僕は思わずメフィストさんに抗議する。

「きぃぃ！　悪魔だから人でなしでもいいんですが、ろくでなしは許せませんね！

ドクトルじゃないんですから！」

「ははは っ！　メフィスト、仲間だな！」

ファウストさんは、メフィストさんの肩を叩いて火に油を注ぐ。メフィストさんの怒《いか》りの金切り声が、更に響き渡った。

「あ、あの、ニコもお庭を直すのをお手伝いするので……」

ニコは恐る恐る、メフィストさんに申し出た。健気な様子を見て冷静になったのか、メフィストさんは「いいんですよ」と頭を振った。

「思わず取り乱してしまいましたが、あなたは人間を救った勇者ですからねぇ。私の庭が犠牲になるくらい、安いものです」

「有り難うゴザイマス！　メフィスト、優しいんですね！」

向日葵《ひまわり》のように咲いた笑顔を前に、メフィストさんは「べ、別に、カズハ君にろくでなし扱いされたくないだけです」とそっぽを向いた。何だ、ツンデレか。

「それじゃあ、一先ず、ニコは宇宙船を直しつつ、宇宙海賊の残骸を探すの？」

加賀美は首を傾げる。

「二つ同時は難しいだろう。宇宙船は俺に預けるといい！」

ファウストさんは、目を爛々《らんらん》と輝かせている。悪い予感しかない。

「ドクトルに任せると、原形を留めなくなる可能性がありますからね。宇宙船の修復は、絶対に付き添った方が良いでしょう」

メフィストさんは、ニコに釘を刺した。

「宇宙海賊なら、僕達で探してみてはどうかな」

エクサは、マキシに提案する。

「問題ない。ニコの宇宙船と、同様の成分構成の残骸を探せばいいんだろう？」

「そういうこと」

確かに、一見して構成している成分が解析出来るのなら、異質な宇宙船の残骸が転がっていたら一目瞭然だろう。

「スミマセンが、お願いシマス……」

ニコは、マキシとエクサにぺこりと頭を下げる。

「問題ない」と、マキシはすまし顔で頷いた。

「君は、宇宙船修理の目処《めど》がついたら合流してくれればいいさ」

エクサは、何ということもないように言った。ただ、闇雲《やみくも》に探すわけにいかないので、当分はアパートを拠点にして情報収集をすることになるとのことだった。

「さて、ぼく達は……」

加賀美は僕の方を見やる。加賀美の膝の上で大人しくしていたタマは、「くるるっ」と首を傾げた。

「ニコの応援かな……」

僕達に、あまりやれることはない。精々《せいぜい》、単位を落とさないように大学に通いつつ、ニコを応援することくらいしかない。

「ニコの応援、嬉しいです。宜《よろ》しくお願いシマス」

ニコは、目を細めて笑みを浮かべる。嬉しそうなその眼差しが心臓に悪い。ときめきで死にそうだ。

「そう言えば、ニコの性別って、結局何なんだ……？」

僕は、素朴な疑問を口にする。最初は女の子だと思ったけれど、どうも違う可能性があるとのことだった。

男女で差別をするわけではないけれど、区別は必要だ。女の子相手に、男子トイレを案内することは出来ない。

ニコはしばらくの間、僕を不思議そうな眼差しで見つめていた。何かおかしなことを言っただろうかとドキドキしたが、やがて、一人納得したように「成程！」と膝を叩いた。

「この星の人間は、雌雄が分かれているんデスね！」

「えっ、うん。まさか、もしかして……」

僕は息を吞《の》む。すると、ニコは相変わらずの無垢な表情で続けた。

「ニコは、両性具有です」

両性具有。それはつまり、男の子であり女の子であるということか。

女の子でも男の子でもあり、とても可愛い。これは、なかなか奥が深い。

「新たな扉が開かれそうで怖い」

僕は思わず呻いてしまった。

「カズハ。ニコ、怖いですか？」

ニコは心配そうに顔を覗き込む。心臓が止まりそうになるので、上目遣いはやめて下さい。

「新たなる悦《よろこ》びに対する高揚感の裏返しである恐怖なので、そっとしておいてあげて下さい」

お察し能力が高いメフィストさんは、最大限の配慮をしてくれた。加賀美は若干、僕から距離を取っていた。

ニコは「なるほどー」と納得する。納得されてもちょっと困る。

だけど、一つ屋根の下に住むメンバーが増えたことは、素直に嬉しかった。

こうして、馬鐘荘にはついに、宇宙人が来訪したのであった。

こぼれ話●七転八倒、一葉の将来

レトロゲームにハマったものの、今までハマっていたゲームをやめたわけではなかった。

新作のアーケードゲームの稼働日に、僕は大学の友人である永田《ながた》と、何となくゲーム仲間になってしまったエクサともに、近所のゲームセンターへと向かった。

アーケードゲームコーナーには、既に新作の筐体《きょうたい》がずらりと並んでいて、何人かのプレイヤーが黙々とゲームに没頭している。

「あちゃー。結構早い時間に来たつもりなんだけど、出遅れたみたいだ」

僕は席に空きがないのを見て、思わず手で顔を覆《おお》った。

「どうする？　他のゲーセンに行く？」

永田の問いに、僕は首を横に振る。

「いや、待てない人数じゃないから待つ。他のゲーセンは、もっと混んでるかもしれないし」

「今日は、閃光《せんこう》のリヒト君はいないのかい？」

エクサは、筐体の前に張り付いている人々を眺めながら問う。

「あいつは新宿が活動拠点だから、今日はいないんじゃないかな」

『閃光のリヒト』とは、凄腕《すごうで》のゲームプレイヤーの一人だ。僕は彼に敗北をしているので、いつかリベンジをしたい。

「それは残念。良い対戦相手になると思ったんだけど」

「エクサはもう、リヒト以上の達人と対戦した方がいいんじゃないか……」

凄腕ゲームプレイヤーのリヒトに完勝したエクサは、物凄い余裕だった。僕もエクサには一度も勝てていないけど、アンドロイドと人間では分が悪い。

「将棋ＡＩも達人と勝負をしているし、カズハ君の言うことは一理あるね」

「ＡＩ目線!?」

まあ、そっち側だしな、と僕は納得する。しかし、永田は苦笑を漏《も》らした。

「おいおい。エクサがいくら機械みたいに正確だからって、ＡＩ目線になることはないだろ」

「ははっ。永田君の言うとおりだよ、カズハ君」

エクサは軽く笑って、全てを僕になすり付けた。

「は、ははは……」

上手く返せなかった僕は、笑って誤魔化《ごまか》す。

そうだった。永田はエクサが未来から来たアンドロイドだと知らなかったんだった。

僕は、永田に迂闊《うかつ》なことがバレる前に、無難な話題を探そうと辺りを見回す。すると、ずらりと並ぶ筐体の一角が、やけに華やかなことに気付いた。

「なんかあそこ、女の子が滅茶苦茶いるんだけど……」

「本当だ。プリクラコーナーみたいになってるな……」

奥の筐体の周りに、主に女子の人だかりが出来ていた。

しかも、メイクを結構ばっちりと決めていて、派手なお姉さんが多い。僕には、全く縁がなさそうな人達だった。

「あのゲームって、ああいう感じのお姉さん達に人気があったっけ……？」

永田も首を傾げる。

「いいや。ちょっと玄人《くろうと》向けの２Ｄ格闘ゲームだと思ってた」

そう。彼女らが注目しているのは、プリクラの新機種ではない。ゴリゴリの格闘ゲームだった。

「ああ、成程《なるほど》ね。彼女達はプレイヤーを見ていたようだよ」

「えっ？」

エクサの言葉を聞き、僕達はお姉さん達の視線の先を追う。

すると、その筐体には、真っ赤な髪の若い男が座っていた。染色したと思《おぼ》しきその髪は、血塗られたような色で、見るものに強烈な印象を与える。

そしてその男は、イケメンだった。

切れ長の瞳には何処《どこ》となく軽薄さが漂《ただよ》っていて、遊び歩いていそうな印象だ。危うい色香を湛《たた》える唇は、正に危険な男という表現が似合いそうだった。

「こわっ……」

完全に、僕の苦手なタイプだった。なんか、両耳にピアスをいっぱいつけてるし。

「あっちの方が鮮血のブラッドだよな」

永田がぽつりと言った。

「確かに、髪の色は鮮血だね」

エクサも頷《うなず》いた。

「いやいや！　鮮血のブラッドは僕だから！　その恥ずかしい二つ名に、一応、愛着もあるからな!?」

僕の悲鳴が格ゲーコーナーに響く。すると、赤髪のイケメンは、対戦相手を一瞬にして叩きのめし、勝利画面を背にして振り返った。

「マジで？　『鮮血のブラッド』なわけ？」

イケメンの声に、僕はハッとした。

この声、聞き覚えがある。しかも、悪い思い出として。

「その声、もしかして……」

「ああ、覚えてた？　この前、ネット対戦した――」

「『終末のカノン』……！」

僕の口からは、勝手に呼んでいた二つ名が零《こぼ》れ落《お》ちてしまった。その途端、目の前のイケメン――カノンはぷっと噴き出す。

「は？　何それ、ウケるんですけど。なんで、終末ってつけちゃったわけ？」

「アッ……、いや……、何となく……」

リア充陽キャっぽい雰囲気に当てられて、陰キャの僕は口ごもってしまう。永田が、「頑張れよ、鮮血のブラッド」と背中を押してくれるけど、やっぱり、その名前を呼ばないで欲しい。周りのお姉さん達が、ひそひそ話をしてるし。

「君こそ、何故《なぜ》、カノンという名前を？　本名というわけでもないんだよね？」

エクサはカノンに問いかける。

それは、僕も気になっていたところだ。恐らく、音楽のカノンから来ていて、複数の旋律《せんりつ》を奏《かな》でるがごとく、格ゲーで多重攻撃を仕掛けてくることが由来しているのだろうけど。

「ああ。普段使ってるハンドルネームを入れようとしたんだけどさ。タイプミスしちゃったんだよね。でもまあ、いいかって」

「滅茶苦茶シンプルな理由だった！　てっきり、終末世界で美しいカノンの旋律を奏でる戦士という意味だと思ったのに……！」

僕は、絶望のあまり頽《くずお》れる。周りで見ていたお姉さん方はドン引きだ。

そんな僕の肩を、カノンがポンと叩く。

「ブラッド、クセが強くて面白過ぎじゃない？　まあ、期待に沿えないところ悪いんだけどさ。対戦してよ」

「えっ……」

僕が顔を上げると、挑発的に微笑《ほほえ》むカノンがいた。

「だって、これをやるために来たわけでしょ？　どうせだったら、再戦したいしさ」

先ほど、カノンと戦っていた対戦相手は、こそこそと帰路につくところだった。いつの間にか、周りの筐体に張り付いていたプレイヤーも、こちらに注目している。

「頑張ってね、ブラッド」

エクサはにこやかに僕を送り出す。

「そうそう。カッコいいところ見せてくれよ、ブラッド！」

永田は良い笑顔で親指を立てる。誰一人として、止めてくれる人はいなかった。

「っていうか、取り巻きの前でやるの、しんどいんですけど……」

僕は、カノンをぐるりと囲んでいる女子を見やる。だが、カノンは僕の視線を追って周囲を見渡し、初めて彼女らの存在に気付いたらしい。

「いや、取り巻きっていうか、いつの間にか集まってたっていうか……」

カノンは少し気まずそうな顔をするものの、お姉さん達に対しては愛想のいい笑顔を向ける。

「悪いね。俺はこの後、用事があんの」

ひらひらと手を振ると、お姉さん達は顔を見合わせ、「マジかー」「それなら早く言ってよ～」と愚痴《ぐち》を言いながら解散した。

「おお……。意外とあっさり引き下がった……」

「逆ナンするために出待ちしてたんでしょ。よくあることだから」

カノンは溜息を吐《つ》く。遠回しなモテアピールではなく、本当にげんなりしているようだった。モテ男子も辛いんだなと、つい、同情してしまう。

「それじゃあ、気を取り直して。――ヤるでしょ、対戦」

カノンは、空いている向かい席を顎《あご》で指す。僕は、「勿論《もちろん》」と頷いた。

周囲にいるのは、エクサと永田、そして、僕達と同じゲームプレイヤーだ。それならば、そこまで緊張せずにプレイ出来る。

カノンも苦手なタイプだと思っていたけれど、対面してみると、そこまで悪い奴じゃなさそうだし。

「まあ、僕より年上っぽいけど……」

タメロで話してしまったことを、後で謝ろうかなと思いつつ、僕は席に着いた。

「それではこれより、『終末のカノン』と『鮮血のブラッド』の対戦を行います！」

永田はまた、レフェリーのように宣言した。

「ホント。その名前、ウケるから」とカノンは、二つ名が出る度に笑っている。

それを見ていた僕を、エクサはそっと小突《こづ》いた。

「ここは、挑発してみたら？　ギャラリーが喜びそうだし」

「いや、流石《さすが》にそれは……」

あまり僕のキャラじゃないし、反撃が怖過ぎる。躊躇《ちゅうちょ》する僕に、エクサは心中を察したように微笑んだ。

「カノン君。ブラッド君が、『そのヘラヘラした顔を泣《な》きっ面《つら》にしてやるよ』って言ってるよ」

「ぎゃー、何言ってんの！」

エクサは勝手に僕の言葉を捏造《ねつぞう》し、カノンを挑発してしまう。慌《あわ》てる僕であったが、カノンは「ふーん」と目を細めたかと思うと、にやりと笑った。

「面白いじゃん。まあ、俺としては、君とも対戦してみたいけど」

カノンは、エクサの方を見やる。流石は終末のカノン、エクサの実力を見抜いていた。

「今はその時ではないよ。君の相手は、この僕じゃない。ブラッド君さ」

エクサは、雑魚《ざこ》をけしかけるボスキャラみたいな台詞《せりふ》であしらった。

「あー、なんか別のところで火花が散ってる気がするけど、はじめ！」

グダグダな展開になる前に、永田がゲーム画面に合わせるように開幕の合図をした。

戦いの火蓋が切られる。

ここからは、集中しなくては。

「っていうか、ブラッドって意外と若いね。成人してるかと思ったけど」

集中しようとしている矢先に、カノンが話を振って来る。そのくせ、カノンが操作しているキャラクターの動きはキレッキレで、僕が動揺した一瞬の隙をついて、コンボを決めて来る。

「だ、だ、大学生です……！」

コマンド入力に集中しつつ、何とか答える。

「ふーん。それじゃあ、勉強出来るんだ」

「いいえ！」

周囲がドン引きするほど、大声できっぱりと答えてしまった。

「出来ないわけじゃないけど、身は入ってないよな」

永田が、フォローだか辛辣《しんらつ》な評価だかをくれる。

「は？　大学って勉強しに行くところでしょ？　どうして、身が入ってないわけ？」

カノンは、格ゲー中とは思えないほど自然に尋ねる。口と手が別々の生命体だったりするのだろうか。

「いやっ、だって、ゲームの方が……楽しくてっ」

途切れ途切れに答えつつ、何とかカノンの操作キャラクターに攻撃を打ち込む。だけど、フィニッシュは上手く防がれてしまった。

「あー、大学通ってる途中で、別の楽しさに魅入られちゃったわけか」

カノンは納得したようだが、僕がゲームに魅入られているのは昔からだ。

「でも、そろそろちゃんとして……、まともな、進路をっ……選ばないといけないと思って……！」

「まともって何？」

カノンの一言に、ハッとする。気付いた時には、一撃必殺の技を打ち込まれ、僕のキャラクターはダウンしていた。

「『終末のカノン』WIN！　まずは、カノンが一勝です！」

永田はカノンの方に軍配を上げた。対戦数は三回。あと二回とも勝たなければ、僕の負けだ。

ちらりと、筐体の向こうにいるカノンの表情を盗み見る。

すると、目が合ってしまった。彼は、先ほどまでの軽薄さなど一切見せない、真剣な眼差《まなざ》しでこちらを見つめていた。

「何を以《もっ》て、まともっていうわけ？」

「それは……」

「みんなと同じなのがまともって言いたいの？」

「親は、割とそんな感じ……。ちゃんとした企業に入社して、安定した稼ぎが出来るようになれって」

「ふーん、親ね。でも、ブラッドの人生でしょ。ブラッドは、一流って言われるような企業の社員になって働きたいわけ？」

カノンの質問に答える間もなく、次のラウンドが始まってしまった。

カノンのキャラクターは、容赦なく攻撃を仕掛けてくる。僕はそれを何とかいなしつつ、自分の考えをまとめる。

ゲームに集中しなくては。でも、カノンの問いに答えなくては。

カノンはゲームをコミュニケーションツールとしているのではないかと加賀美《かがみ》が言っていたが、その通りだった。彼はこうやって、遊びを通じて人と交流をしているのだろう。

遊びだけど、遊びじゃないんだ。だから、一人のプレイヤーとして、一人の人間として答えなくてはいけない。

僕は、カノンのキャラクターの一瞬の隙をついて、コンボを無理矢理繋《つな》げて大技を叩き込む。

何とか体力を削り切ることが出来、僕の勝利となった。

「やるじゃん」

カノンは悔《くや》しそうな素振《そぶ》りを全く見せない。むしろ、楽しそうだった。勝敗にあまりこだわらず、楽しめればそれでいいタイプなんだなと思った。

「さーて、勝負が分からなくなって来ました！　第三ラウンドを制するのは、果たして、どっちだーっ」

　永田がノリノリで実況をしてくれる。周囲のギャラリーは、息を呑《の》んで僕達を見守っていた。

　でも、そっちに気を配っている余裕はない。僕は、カノンと対話をしたくて仕方がなかった。

　そうしているうちに、第三ラウンドが始まる。

　いきなり飛び込んで来たカノンのキャラクターを、僕の操作するキャラクターが何とか受け止めた。積極的な攻めが、正直言ってきつい。でも、黙ってゲームに集中するほどの余裕もなかった。

「僕は、ゲームが好きなんだ。だから、ゲームのために働かなきゃ。給料がちゃんと貰《もら》えるところだったら、ゲームも安定して買えるし、こうやって、ゲーセンにも通える」

「でも、時間がなくない？　会社員になったら、学生みたいに自由な時間の使い方が出来ないでしょ」

「まあ、確かに……」

社会人になったゲーム仲間の話を聞いたことがある。残業は少ないが、通勤時間が長いし満員電車で揉まれるしで、家に帰った頃にはクタクタになっているという。それで、ゲームをやる時間も体力も確保出来ないそうだ。

「ゲームのために働かないといけないけど、そのためにゲームの時間が削られるのはちょっとなぁ」

「じゃあ、ゲームを仕事にしたら？」

カノンは、あっさりとそう言った。

「えっ。いや、開発は流石にいいよ。プレイするのとは全然違うスキルが必要だし」

開発はひどい激務だそうで、今後、穏やかな気持ちでゲームが出来なくなりそうだ。

僕はゲームをプレイするのが好きなのであって、作りたいわけじゃない。

だけど、カノンの提案は別のものだった。

「ゲームを面白おかしくやって、金を稼げばいいんじゃない？　ほら、ネットに動画をあげたりしてさ」

「ああ……、成程……」

いわゆる、ユーチューバーというやつか。顔出しはちょっと苦手だけど、今ならバーチャルで美少女になることだって出来る。それに、プレイを見せること自体は苦手ではない。

「ただ、あれはライバルも多くて……」

「ライバルに潰されるようだったら、そこまでのやつだったってことでしょ」

なかなかに辛辣な意見だ。だけど、確かにそうかもしれない。

会社員だって、自分より出来が良かったり、要領が良かったりする同僚もいるだろう。しかも、会社自体にライバル会社というものが存在している。市場で成果が振るわなければ、首を切られる可能性や、社員共倒れになる可能性だってある。

そうならないためにも、全力を賭《と》さなくては。だけど、自分が熱量を傾けられない仕事で、そんなことが出来るだろうか。

「……なんか、中途半端な気持ちで就職するより、全力で好きなことをやってモノにした方がいい気がして来た」

僕は、コマンド入力をしつつ、そう悟った。

「でしょ。この世の中、安定していることなんて何もないし、手を抜けることもないんだって」

カノンの言葉には、妙な実感があった。二十歳ちょいに見えるけど、実はかなりの若作りなんだろうか。

そうしているうちに、タイムアップになってしまった。僕のキャラクターとカノンのキャラクターは、同じくらい体力が削れていて、結局、引き分けになってしまった。

「おおーっと、これは、まさかの四戦目か!?」

永田はヒートアップするが、カノンは席を立つ。

「いいよ。俺の負けで」

「えっ」

カノンは、きょとんとしている永田の前を通り過ぎ、エクサを一瞥《いちべつ》しつつ、ぐるりと筐体を迂回《うかい》して僕の目の前までやって来た。

立ち上がったカノンはそこそこの長身で、足もすらりと長くてモデルみたいだった。

モテる理由が、よく分かる。

そんなカノンは、僕のことを見下ろしてふっと笑う。

「未来への選択肢があるうちに、行きたい道に行った方がいいよ。後悔しないようにさ」

「カノン……」

「俺は取り返しがつかないことをしたクチだから、なおさら、ね」

カノンは肩を竦《すく》める。

「それって、どういう……!」

「それじゃ、今日はサンキュ。また、ネット対戦してよ」

「ちょっと待っ……」

僕は、背を向けるカノンに追いすがろうとする。だけど、カノンは背を向けたまま手を振った。

「同居人が待ってるんだよ。ホントは、新作を少し触《さわ》るだけにしようとしたんだけどさ。話し込んで長居し過ぎたから、そろそろ帰らないと」

「そ、そっか。また、ネットで」

「ああ。ネットで」

僕達はカノンの背中を見送る。広い背中だったけど、何処となく寂しそうにも見えた。

彼は思うことがあって僕を導いてくれたらしい。彼の背中に向かって、僕は頭を下げた。

「いやはや、いいものを見せて貰ったよ」

エクサは拍手をしてくれる。「えへへへ……」と僕は照れ笑いを漏らしてしまった。

「それにしても、同居人かー。派手なイケメンだし、お姉さん達に囲まれてても慣れた様子だったし、めっちゃセクシーな彼女かもな」

永田は、羨《うらや》ましそうな目でカノンが去った方を眺めていた。

「はは……、どうだろう。意外と、ゴシック系美人だったりして……」

しかも、ああ見えて、実は尻に敷かれているのかもしれない。

それはともかく、僕はカノンとのやり取りを心に刻むことにした。自分が何に全力を賭《か》けたいのか、明確にしておかなくては。

帰宅したら、動画編集の仕方を調べてみよう。自分の選択肢を、一つでも増やすためにも。

第二話　再襲来！　我が妹

馬鐘荘《バベルそう》は、すっかり騒がしくなった。

ニコという新しい住民が来たというのもある。だけど、ニコは基本的に、騒がず暴れず、品行方正に過ごしていた。対応も実にしっかりしていて、やっぱりこの子――じゃなくて、この人は大人なんだな、と思う。

ニコはいい。とてもいい。

問題は、宇宙船だ。

「テレビ局の者です！　宇宙船が庭に落下したことについて一言下さい！」

「宇宙船の画像を、ネットニュースで取り上げていいですか!?」

「宇宙が我々の呼びかけに応えたのです……。この宇宙船は救済の使者の船。我々の信者のために是非ともお譲り願いたい……」

宇宙船がやって来てから、マスコミやら宇宙にちょっと傾倒し過ぎちゃった系の人々が押し寄せて来た。

「これは宇宙船じゃありません！　うちのロクデナシの発明品です！」

メフィストさんはこめかみに青筋《あおすじ》を作りながら、声を張り上げてマスコミ達を追い返そうとしていた。

「発明品!?　宇宙船を発明したんですか!?」と最前列にいた若い女性の記者が食いついてしまった。

「いいえ！　ＤＩＹ趣味のお父さんが休日を使って作るログハウスみたいなもんです！　お引き取りを！」

「それじゃあ、ＤＩＹの特集もやっているので是非、旦那《だんな》さんのインタビューを！」

「旦那じゃない!!」

まずい。メフィストさんの血管が切れそうだ。悪魔に血管があるのか分からないけど、青筋を立てているくらいだからあるのだろう。

物陰に隠れて雑貨屋の様子を窺《うかが》っていた僕だけど、そろそろマスコミを追い返した方がいいような気がした。

だが、僕が動くより先に、一緒にいたマキシが物陰から姿を現す。

「開店準備の邪魔だ。すまないが、どいてくれ」

マキシは無表情で淡々と言いながら、マスコミ達の首根っこをひょいと摑《つか》み、敷地の外へと連れて行く。先ほどの、グイグイ来る女性記者は、「ああっ、イケメン！イケメン特集で取り上げてもいいですか!?」と手足をじたばたさせていたが、呆気《あっけ》なく敷地外に撤去された。

「次に押しかけてきたら、通報しますからね！」

メフィストさんは、建物の中から彼女らに怒鳴り、戻って来たマキシを中に入れると、扉を固く閉ざした。

「ああああ……。助かりましたよ、マキシえもん……」

メフィストさんは、マキシに縋《すが》り付《つ》きながらさめざめと泣く。

これはいけない。マキシえもんというあだ名が定着してしまった。でも、某猫型ロボットみたいに頼りになるので、つい、そう呼んでしまう気持ちは分かる。

「問題ない。必要があったら、また呼べ」

「寧《むし》ろ、警備員として雑貨屋にいて欲しいくらいなんですが。彼ら、店を開けた途端に、またやって来そうなんですよねぇ」

メフィストさんは、大きな溜息を吐《つ》いた。

「はわわ……。ニコのせいで、申し訳ございません」

馬鐘荘の方から、工具や材料を持って来たニコが、顔を真っ青にして謝る。

「いいんですよ……。あなたは地球の平和を守って下さったのですから」と、メフィストさんは儚《はかな》くも慈悲深い表情で言った。

「はっはっは。迎手《ゲーテ》もすっかり有名だな！」

ニコと一緒にやって来たファウストさんは、豪快に笑った。

「ドクトルの笑顔がムカつくので、後で殴らせて下さい」

メフィストさんは、鬼のような形相《ぎょうそう》で拳を構えた。

「それにしても、これでは雑貨屋の営業もままなりませんね。通報をすると言いましたが、警察が来てもまた厄介なことになりそうですし」

「まあ、庭に宇宙船があるなんて、厄介ごと以外の何でもなさそうですよね……」

僕は、カーテンが閉められた窓から、こっそりと外の様子を窺う。マスコミを始めとする押し寄せた人々は当然のようにまだ帰っていないし、それどころか、ギャラリーが集まっている気がする。

みんな、携帯端末を構えて宇宙船を撮っていた。

「あーあー、肖像権……」

まあ、当然の反応か。僕も、当事者じゃなかったらそうしていただろう。

ニコが来たのは昨日だ。夜頃から、ネットニュースで話題になった光の落下地点を探していた連中が、ちらほらと迎手の前までやって来ていた。

そして、朝になった途端、ご覧の有様である。

「折角の日曜日なのに、あんな状態ではお客さんも来ないでしょうねぇ」

メフィストさんは、悲しそうな溜息を吐いた。

「それどころか、野次馬が押し寄せて騒ぎになりそうですよね。ネットの情報って、とても早いですし」

現に、今見ているだけでも、ギャラリーがぽつぽつと増え始めている。午後になったらどうなっているか分からない。

「警察沙汰だけは、勘弁《かんべん》して欲しいんですよね。もう、誤魔化《ごまか》しが利《き》かないと思うので」

「えっ、メフィストさん。もうって、前科持ちなんですか……？」

「えっ、カズハ君。今までの出来事を全てお忘れで……？」

僕達はお互いに、目を丸くして見つめ合う。

そうだった。

僕が来て間もない時、大量のイナゴを世に解き放ってしまったこともあった。ファウストさんが池袋《いけぶくろ》の街で暴れさせた恐竜を、迎手を通じて地底世界に帰したこともあった。巨大ロボ対戦をしたこともあったし、チバニアンの概念が自衛隊を出動させる事態になったこともあった。

「事あるごとに、警察に問い詰められていましてね。のらりくらりと誤魔化してはいたのですが、流石《さすが》にもう、限界でして」

「誤魔化せるメフィストさんが、寧ろすごいのでは……」

流石は悪魔だ。妙に口が上手いのか、怪しげな術を使ったのだろう。

「では、バリケードを設けたらどうだ？」

話を聞いていたマキシが、ぽつりと呟《つぶや》く。

「宇宙船が直るまで、敷地内を覗けないようにバリケードを設けるしかない。入り口には俺が立ち、客は通してマスコミの類《たぐい》は通さぬようにしよう」

「しかし、宇宙海賊の船の残骸《ざんがい》探しの支障になるのでは……？」

「初期の情報収集は、インターネットで行う。ならば、警備をしながらでも可能だ」

「なんと……。それじゃあ、お任せしてもよろしいですか……」

メフィストさんは、すがるようにマキシに問う。

「問題ない。メフィストはこのアパートに必要な存在だ。ストレスで倒れられては困る」

「ああ、何という気づかい！　以前、私を殺そうとしたのが嘘のようです！」

メフィストさんは、感動の涙を流す。出会った当初、マキシがメフィストさんの命を狙っていたことを、いまだに持ち出しながら。

「人を判別するなら、僕も手伝うよ」

話は聞いたと言わんばかりに、馬鐘荘の方からエクサが姿を現す。

「俺では力不足とでも？」

マキシはエクサに問う。いつもの淡々とした様子だったので、気分を害したというよりは、純粋に疑問に思ったらしい。

「敵が巧妙だと言いたいのさ。僕達の方が精度は高いけど、人間の方が一枚上手だからね。それに、大人数が押し寄せてきた時に、一機でやるよりは二機で対応した方が効率的だと思わないかな？」

「異議はない」

マキシは頷《うなず》き、エクサに全面的に同意した。

「二人とも、イケメン特集を組もうとするお姉さんには気を付けて……」

僕に言えるのはこれだけだ。二人揃《そろ》っているところは絵になるので、あの押しが強い女性記者は食いつくかもしれない。

「ふむ。それでは、バリケードの材料が必要だな！」

ファウストさんは、自らの役割を見つけて目を輝かせる。

「またハンズでしょうか……」と僕が問うと、「いいや」と首を横に振った。

「ベニヤ板くらいならば、俺の研究室にある。敷地を囲むくらいならあるだろう」

「敷地を囲むくらいのベニヤ板が、研究室に……」

「ツッコんでいたら、キリがありませんよ」

首を傾《かし》げる僕の肩に、メフィストさんはぽんと手を乗せる。

研究室とは、ファウストさんお得意の違法建築したものだろうか。ベニヤ板が保管されているなんて、寧ろ、資材置き場ではないだろうか。

ぐるぐるとツッコミが頭の中で渦巻くものの、メフィストさんの言うとおりだ。気にしていたらキリがないので、考えることを放棄する。

こうして、ファウストさんはバリケード代わりのベニヤ板を取りに行き、マキシはそれを手伝う。

その間、加賀美《かがみ》はモデルの仕事があるからと、雑貨屋の隅で眠っていたタマをひと撫《な》でしてから、スタジオへと向かった。その際、エクサが、集まった人々を巧みに搔《か》き分けてくれていた。

ニコは、あくびをしながら起きて来たタマを、じっと見ている。

タマがぷるぷるっと身体《からだ》を震わせると、産毛のような羽毛が抜けて、ふわりと宙を舞った。ニコはそれを目敏《めざと》く見つけ、しっかりとキャッチする。

「おお……。この星の生物のサンプルを入手しました」

ニコはふわふわの羽毛を眺め、目を輝かせる。

「タマは、約七五〇〇万年前に生息していたヴェロキラプトルっていう恐竜なんだ」

僕の解説に、ニコは不思議そうな顔をする。

「生息していた、というのは、過去を示す文法ではありませんか？」

「そう。過去形なんだよ。ヴェロキラプトルは、もういないんだ」

僕達の目の前にいるタマは、自分の細かい羽毛が鼻に入ったらしく、「ぷしゅんっ」と可愛《かわい》らしいくしゃみをしている。

「絶滅した生物、と捉《とら》えていいのでしょうか。そう仮定するならば、何故《なぜ》、タマはここにいるのでしょう」

「このアパート自体が、ちょっと特殊で……。まあ、話せば長くなるんだけど……」

「ざっくりとした説明なら、私の方からしましょうかね」

メフィストさんは、ニコに馬鐘荘のことを教える。

下層は地中深くまで続いていて、地球の歴史が堆積した地層に応じた世界と繫《つな》がっていること。そして、その世界は概念的に実在している世界であり、概念の変化とともに姿を変えるということ。

そして、タマは、その世界の産物だということを。

「概念……。ニコ達の星で言う、ゴースト現象のことでしょうか。大衆の共通認識が、実体を持たないのに具現化するという現象が過去に散見されてまして……」

「そうですね。その、ゴースト現象とやらと同じようなものです」とメフィストさんは頷いた。

「ニコは興味深いです。宗教が発達していた頃は、神と呼ばれる存在が、ゴースト現象によって、たびたび目撃されていました。しかし、最近はあまり見られないのです」

「ニコの星って、宗教はもう、廃《すた》れちゃったの？」

僕の質問に、メフィストさんが難しい顔をする。メフィストさんにとって、まさに由々しき問題だろう。

ニコは、「そうですね……」と頷いた。

「科学が発達することにより、人々はより、具体性を持つ即物的なものを追い求めるようになりました。今では、常軌を逸したほどの技術を持つ人間を、神と呼ぶ人が多いです」

「それ、インターネットの世界だ……」

僕達は、インターネットで神を見る。

わけが分からないほど絵が上手い人や、心臓が止まるほど歌が上手い人など、巧みな技術を持った人々が、しばしば、神と崇《あが》められる。そういう僕にも、信仰している神が三柱くらいいる。

「ただ、あまりにも科学が発達してしまうのも困りものですね」

ニコは、俯《うつむ》き気味でそう言った。

「どうして？」

「ソフト化が進み過ぎているんです。あらゆる情報がデータ化しているので、文明が無くなったらどうなってしまうんだろうと、心配で。ニコ達が生きていた証拠が、次の文明に伝わらないのは寂しいです」

「ニコ……」

地底都市にいた、モグラ人間のマーヤ達を思い出す。

彼らは粘土や石板に文字を書き、信仰している神の像を作っていた。この先、何百年や何千年経っても、それらは彼女達が生きていた証《あかし》として残るかもしれない。

だけど、僕のスマホの中の写真や、熱中したゲームはどうだろう。

ゲームなんてハードの互換性がないとプレイ出来ないし、精密機械なので、故障してしまったら直すのが困難だ。スマホの中の写真も、今のデータ形式が古くなり、いずれ、読み込めなくなる可能性もある。

「過去を振り返ることが出来る場所って、とても大事だとニコは思います。過去には、成功も失敗も沢山詰まっているので、未来を紡ぐための大事なことを学べると思います」

確かに、と僕とメフィストさんは頷いた。

「そんな場所を作れるメフィストは、凄《すご》いですね！」

「へっ？」

「このアパートのことです！　この星の歴史を振り返り、未来に活かすためにこのアパートを作ったのでしょう!?」

ニコは、純粋な目でメフィストさんを見つめる。

人間の業《ごう》の深さを神様に見せつけたかったメフィストさんは、気まずそうに目をそらしつつ、「もっと褒めて下さっていいんですよ」とぎこちなく返した。

「過去には成功も失敗も、沢山詰まってる……か」

僕は、雑貨屋の奥にある扉を見やる。その先には、僕達が住むアパートであり、地底世界に通じる馬鐘荘がある。

「僕達のご先祖様も、色んな失敗をしつつも最終的には成功を重ねて、ここまで来たんだろうなぁ……」

　そんな歴史がある大地の上に、僕は立っているのだと実感する。タマが不思議そうに僕のことを見上げていたので、そっと頭を撫でてやった。

「くるるぅ」

「お前達の直系ってわけじゃないだろうけど、遠い子孫も今、空を我が物顔で飛んでるし、ある意味、成功したようなものなのかな」

　タマは、心地よさそうに頭を僕の掌に擦《こす》り付《つ》ける。

　メフィストさんは、「馬鐘荘は、博物館のつもりで建てたわけじゃないんですけどね」と困ったように呟いていた。

「待たせたな！　ベニヤ板を持って来たぞ！」

　空気を読まないファウストさんが、馬鐘荘の扉を開け放って登場した。

「遅くなってすまなかったな。ただベニヤ板を置くよりも、多少、絵が描いてあった方がいいと思って描いて来たんだ。その方が街に溶け込めるだろう」

「いや、全然遅くないですし、寧ろ早いと思います……！」

まさか、ベニヤ板に絵まで描いて来たとは。

「ドクトルにしては、いいアイディアではありませんか。私も、ご近所さんと確執を作りたくないですしねぇ」

メフィストさんは、さり気なくファウストさんをけなしつつ、満足そうに頷いた。

「それでは、早く設置してしまおう！　マキシマム君、頼めるか!?」

「問題ない」

大きなベニヤ板を何枚か抱えているマキシは、涼しげな顔で頷く。マキシは本当に頼もしい。

「僕も、及ばずながらお手伝いしましょうか……」

そう言えば、何の役にも立っていないことを思い出しつつ、そろりと手を挙げる。

「ニコもお手伝いしたいですっ」

宇宙服姿のニコも、ぴょんぴょんと跳ねて自己主張した。だけど、ファウストさんは、勢いづくニコを、やんわりと手で制する。

「カズハ君は手伝ってくれ。だが、ニコ君は目立つからな。ベニヤ板をある程度設置したら、宇宙船を直す準備をしてくれないか？」

「はっ、そうですね。ファウストの言う通りです」

ニコは、合点承知と言わんばかりに頷いた。

エクサが敷地の外で、やってくる人達を軽くあしらっている中、僕とマキシとファウストさんは、彼らの死角になっている場所からベニヤ板を設置していく。

ベニヤ板に描かれているのは、青い空と白い鳩だ。しかし、彼らの姿はどうものっぺりとしていて無機質で、温《ぬく》もりが感じられない。

「……なんか、独特の雰囲気の絵ですね」

鳩は平和の象徴だ。その鳩の奇妙な存在感が、平和が義務であると言わんばかりで威圧的ですらある。

「ディストピア感が凄いんですけど……」

「押し寄せる人間を落ち着かせるために、天の国の情景を思い出しながら描いたんだがな。俺的には、恐竜が良かったが……」

「天の国ディストピア説」

天の国において、平和と幸福が義務になっているのだとしたら、ファウストさんが抜け出そうとするのは納得出来る。

僕がお喋《しゃべ》りをしているうちに、マキシは黙々と作業を進めていた。一方、エクサは例の記者に捕まっていたけれど、笑顔でのらりくらりとかわしている。

主に力持ちのマキシと、匠《たくみ》のファウストさんのお陰で、バリケードは一時間もしないうちに設置出来た。

入り口は一か所。バリケードに扉を作っておいたので、そこを通らなければ迎手の門は潜《くぐ》れない。

そしてその門の前には、マキシとエクサが立つことになった。本当の意味で、鉄壁だ。

「ふう。これで宇宙船の修理が出来る……」

僕は、「あとは頼んだ」とマキシとエクサに頭を下げる。

「任せておけ」

「ほどほどに頑張るよ」

マキシは大真面目《おおまじめ》な顔で、エクサは含《ふく》みのある笑顔で答えた。エクサに若干の不安があるけれど、マキシもいるから大丈夫だろう。

バリケードの中では、工具を準備したニコが待っていた。

「バリケードを張ってくれて、有《あ》り難《がと》う御座《ござ》います。これで、ニコは宇宙船を直せます」

　ニコは、深々と頭を下げる。

「今のうちに修理してしまおう。こちらが見えないとはいえ、火炎瓶を投げられたらおしまいだ」

「どういう状況ですか、それ」

　僕は震える声で、ファウストさんにツッコミをする。

「それか、鉤縄《かぎなわ》を使って入られては敵《かな》わないしな」

「マル暴の人々と、忍者を一緒にするのをやめてくれませんか……？」

　こうして、ニコとファウストさんは宇宙船を直し始める。

　あっちこっちの装置を弄《いじ》り、内部の線を交換し、壊れているものは代替品で補う。よく見ると、昨日、ニコに買ってやった角材以外にも材料があった。どうやらファウストさんが買い溜《た》めていたものらしい。

　手持ち無沙汰の僕は、スマホを弄るのも申し訳ない気がして、周囲をうろうろと見回っていた。

人か。

「カズハ君、昨日、新しいゲームを買ったんだろう？　やってきてもいいぞ」

ファウストさんは神様だろうか。いいや、正確には、神様のそばに連れて行かれた人か。

だが、折角の心遣《こころづか》いに、僕は首を横に振った。

「いいんです。みんなが頑張っているのに、僕だけ休むのも悪いですし」

「そうか？　まあ、君の好きにするといい。宇宙船が見られるなんて、滅多《めった》にない経験だしな！」

「いやもう、それは本当に。新しいゲームも魅力的ですけど、現実の方がヤバいっていうか……」

記念に携帯端末で撮っておこうかなと思ったけれど、あまりにも無粋《ぶすい》だと思ってやめた。

「新しいゲーム、ですか？」

ニコが、ハンマーで宇宙船の壁をガンガン叩きながら、小首を傾げる。

「そう。宇宙からの侵略者を撃墜《げきつい》するっていうやつ」

「なんと！　カズハは侵略者をゲーム感覚で撃《う》ち落とす、撃墜王だったのですね！」

翻訳機の翻訳に齟齬《そご》があったのか、ニコは興味津々という風に僕を見つめる。これは、妙な勘違いをされたようだ。

「いや、そうじゃなくてゲームの……」

「そうだぞ。カズハ君は地球の撃墜王だ」

ファウストさんは、宇宙船の壁を本当に木で補強しながら、ニコに合わせるように言った。

「ふ、ファウストさん……！」

「カズハ君は、新しく買ったというインベーダーゲームとやらが上手いんだろう？」

「まあ、それなりに高得点は採《と》れますけど……」

「それなら、撃墜王を名乗っていいんじゃないか？」

「ゲームはゲーム！　現実と違いますからね!?」

ファウストさんにツッコミどころが多過ぎて、ゲーム廃人にあるまじき真面目なツッコミをしてしまった。

「ニコも撃墜王って呼ばれてました。カズハとお揃いです」

ニコは嬉しそうだ。そんな顔をされたら、僕は強く否定出来なくなってしまう。そんな僕に、ファウストさんはこっそりと耳打ちをした。

「ニコ君は我々と似たような形とは言え、異星人だからな。時々、疎外感があってか、寂しそうな顔をしていたんだ。ニコ君と共通するものを持っているということは、ニコ君の孤独を埋めてやるチャンスだぞ」

「あっ、成程《なるほど》……」

上手く言いくるめられたような気がしたけど、実際、ニコは少しだけ、緊張感がほぐれたような顔をしていた。

ニコは遥か彼方からやってきて、しかも、地球の平和を守ってくれた救世主だ。ニコの不安は、出来るだけ取り除いてやりたいし、出来る事ならば丁寧にもてなしたい。

僕は咳ばらいを一つして、自分の気持ちを切り替えた。

「ニコは強いから、一人で任務に当たってたの？」

「えへへ……。まあ、ちょっとだけ信頼されていたからこそ、単機での活動が認められていた節《ふし》はありますね」

目の前ではにかむ相手は、とてもそうは見えない。

あまりにも純粋で、あまりにも愛らしかった。僕は、そんなニコが任務に当たっている姿も見てみたいと思った。

しかし、それが叶うのは、宇宙海賊のような恐ろしい輩《やから》と戦っている時だろうから、機会に恵まれたいとは思えないけど……。

「そうだ。ニコもインベーダーゲームをやろう！」

手を叩く僕に、ニコは不思議そうな顔をする。

「えっと、侵略者を撃墜するシミュレーションがあるんだ。ニコの星のものとは、比べ物にならないほど原始的かもしれないけど……」

主にドットが粗くて、と僕は付け足す。

「でも、そんなのでよければ、一緒に遊ぼうよ。あれ、二人でプレイ出来るし」

「ぜひぜひ！　カズハの腕前、見せて下さい！」

「ふっ、この『鮮血のブラッド』、侵略者どもを血祭りにあげてくれる」

僕は前髪を掻き上げる。完璧に決まった。

ところが、ニコは不思議そうに首を傾げているだけだった。

「ニコ？」

「スイマセン。ニコの翻訳機に不具合があったようです。血液に関する単語を、三つ検出してしまいました」

「いや、いいんだ……。うん……」

僕は一瞬にして冷静になる。自分の寒さに風邪を引きそうだ。

「ニコ、聞きたいことがあるんだが、構わないか！」

僕とニコが交流を深めているうちに、ファウストさんは宇宙船の中に入り込んでいた。「はーい」とニコは、宇宙船の中へと向かう。

「あっ……」

その場に、ポツンと僕は取り残されてしまった。

どうしたらいいものかと思っていると、ニコがひょっこりと顔を出して、手招きをしてくれた。

「カズハもどうぞ。散らかってますけど」

「えっ、いいの!?」

「カズハはもう、お友達です。お友達は自機に招いて歓迎するものです」

「お友達……」

ニコ達の風習は独特だなと思ったものの、お友達認定されていることは素直に嬉しかった。

熱くなる目頭《めがしら》を押さえながら、僕はニコに案内されて宇宙船の中へと入る。

内部は機械だらけだと思いきや、壁は意外とシンプルで、白一色だった。「あちらが寝室です」と奥の扉をニコは紹介してから、「操縦室はこちらです」と宇宙船の前方と思《おぼ》しき部屋を案内してくれた。

「おおお……」

そこはまさに、ＳＦアニメなんかで描かれるように、あちらこちらに複雑な機械のパネルやら制御盤やらが設置されていた。

その一つを、ファウストさんは難しい顔で診《み》ている。

「こいつの調子が、どうもよくないみたいでな」

「あらら……」

ファウストさんが診ていた機械は、素人《しろうと》の中の素人である僕が見ても不調だと分かるほどだ。デジタル画面が完全にバグっているのだ。

ニコは工具で、制御盤のパネルをこじ開ける。

「内部がショートしてますね……。配線は入れ替えが出来ますけど、破損したメモリーの替えはないです……」

ニコはしょんぼりしていた。僕は、慰《なぐさ》めるようにニコの背中をぽんぽんと叩く。

「具体的に、どう大変なの……？」

「宇宙船に搭載《とうさい》している兵器の、オート照準や火力制御が出来ないです。マニュアルでも可能ですが、精度を出すには速度が落ちますし、速度を保とうとすると、精度が出なくなってしまいます……」

「それじゃあ、戦力的に心許《こころもと》なくなるってことかな。ニコの撃墜王としての手腕を、発揮出来なくなるんじゃあ……」

「です……」

ニコは俯く。

「ふむ。メモリーがこちらで造れないか、調査してみよう。壊れたものを貰《もら》ってでも？」

ファウストさんの申し出に、「どうぞ！」とニコは顔を上げた。

流石はファウストさん。ロクデナシだけど、やっぱり伝説の錬金術師だ。まあ、機械の修理に錬金術は関係ないかもしれないけど。

「異星の精密機械か……。腕が鳴るが、時間がかかりそうだな。宇宙海賊とやらを撃退した後で良かった」

「そうですね……。今の状態では、ニコ一人だと宇宙海賊に対抗出来ません……」

「他の兵器は大丈夫？」

僕は、船内をぐるりと見渡す。機械ばかりで何が何だかよく分からなかったけど、素人の中の素人が見たところ、明らかにヤバそうなところはない。

「目視と自己診断ツールで確認します。恐らく大丈夫だとは思いますが……」

「が……？」

元気のないニコに、僕は首を傾げる。

「通信機も壊れていて……」

ニコは、操縦席にあるスピーカーのようなものを見やった。

確かに、付随《ふずい》するパネルがひしゃげていた。落下の衝撃のせいか、物理的に壊れているように見える。

「うむ。あれならば、すぐに直せそうだな。待っていたまえ！」

ファウストさんは、作業着を腕まくりして、意気揚々とスピーカーを弄り始める。

一方では、ニコは自己診断ツールとやらを開始した。

僕は、再び手持ち無沙汰になる。邪魔にならないように、そろりとニコに尋ねてみた。

「えっと……、ニコに聞きたいことがあるんだけど」

「はい」

ニコは顔を上げ、首を傾げる。

「宇宙海賊って、具体的には何をするんだ？　侵略が目的なんだろうけど、どうやって侵略するのかと思って」

「それは、組織の方針によりますね。ニコが今まで追って来た宇宙海賊の中には、先住民を消して、更地にしてから開拓を始めようとしていた組織もありました」

「先住民を消してって、皆殺しってこと……」

「ええ……」

ニコは暗い表情で頷く。

「地球にやって来たのは、カズハ達の言葉で『鯱《しゃち》』という意味の名前を持つ組織です。彼らは、住民達を使役して開拓を進めるタイプですね」

「使役ってことは、一方的に使われるってことだよね……」

「公平な立場で取引をしようというなら、海賊とは言われません」

ニコの言うとおりだ。ニコがいなかったら、今はどうなっていたことやら。想像するだけでも、ぞっとする。

「地球は酸素が濃いので、ニコ達には住み辛いです。だから、住居にはせず、酸素が多いところで育つものを栽培したり、ファクトリーを建設して先住民を働かせたりすると思います」

「あっ、そうか。ニコ達にとって、地球は酸素が濃過ぎるんだ……」

だから、宇宙服を脱がないのか。

「そうですね。宇宙服を脱いだら、上手く呼吸が出来なくなるかと。外気は宇宙服で取り込み、最適な酸素濃度にして供給されるようになってます」

ニコは、宇宙服の背中の辺りに取り込み口があるのを教えてくれた。僕達の常識がニコ達にとっての非常識なので、逐一《ちくいち》驚かされる。

「『鯱』は先住民を皆殺しにすることはありませんが、歴史は抹消しようとします」

「歴史を?」

ニコの顔は青ざめていて、その手はわなわなと震えていた。まるで、虫唾《むしず》が走るものを思い出すかのように。

「歴史や文明は、民族のアイデンティティです。カズハも、歴史を学んでご先祖様のことを知って、今があるわけでしょう?」

「まあ、うん……」

確かに、歴史は小学校から社会の授業でやるし、社会科見学で重要文化財を見に行くこともある。物心がついたころから、歴史は刷り込まれていた。

更に遡《さかのぼ》れば、僕達のご先祖様は石器でマンモスを倒していたようだし、恐竜時代はネズミのような生き物だったようだし、もっと昔は、ピカイアという弱々しい生き物だったらしい。

長い歴史が自分に繋がっているというのは、何処《どこ》か誇らしい気分にもなったし、僕達が何処から来たのかが分かることは、安心にも繋がっているような気がする。

「『鯱』っていう連中は、重要文化財とかを破壊するってこと?」

「ええ。長きに亘《わた》って民族を支えて来たアイデンティティを破壊し、ルーツも分からないようにします。アイデンティティを奪うことで、次の世代からいいように使えると思っているんです……。それに、アイデンティティを破壊すると、戦意を喪失させることが出来るそうで……」

「歴史や文明の破壊ということは、本も焚書《ふんしょ》だろうな。神仏の偶像も破壊され、教会や寺院も焼かれる……」

　ファウストさんは、珍しく真面目で険しい顔をしていた。

　死人のファウストさんと悪魔のメフィストさんは、まさに、彼らを描いた本の内容が受け継がれることによって存在している。『鯱』の侵攻は、彼らにとって由々しき事態だろう。

「本当に、倒して貰って良かった……」

　僕とファウストさんは、ほっと息を吐く。宇宙海賊が相手では、防衛省だって歯が立たないだろう。それどころか、宇宙開発を始めたばかりの地球では、防衛力が心許《こころもと》ない。

「ニコ、残骸の回収も早くしたいです。ニコ達の星の技術の流出も防がなくてはいけないので。地球の人は信用していますが、意図せず悪用される可能性もありますし」

　ニコの言葉に、僕は思わず、今まさに機体を弄っているファウストさんを見やる。

「あっ、ファウストは大丈夫。ニコ、イイ人だと判断しました。それに、こちらが把握している中での技術提供はやぶさかではありません」

「ファウストさんがイイ人だと判断するのは、五割がた間違っている気がしないでもないかな……」

かといって、悪い人でもない。変な人だし、迷惑な人だけど。

「馬鐘荘の皆サン、イイ人ばかりだとニコは思ってます。でなければ、ニコのことを受け入れてくれるはずがありません」

「まあ、適応力は高いかな……」

元々、馬鐘荘に集められたのは、業が深いとメフィストさんが判断した人達だ。メフィストさんがニコの話を聞いたら、どんな顔をするだろう。そもそも、メフィストさん自体が、イイ人ではなく悪魔なのに。

「まあ、ニコがイイ人だと思うなら、いいや」

僕は、ニコの頭を宇宙服越しに撫でる。ニコは、はにかむように微笑んだ。

客観的に良い人か悪い人かはともかく、ニコがイイ人だと思っているということは、ニコもまた、僕達を受け入れているということだから。

そんな時、宇宙船の扉をガンガンと叩く音がした。

「まさか、マスコミ……!?」

だけど、マキシとエクサが中に入れないようにしていたはずだ。

では、あの二人のどちらかだろうか。

しかし、冷静なマキシがこんなに粗暴な叩き方をするとは思えないし、計算高いエクサがこんな無駄なカロリーを消費するようなノックはしないだろう。

「見てくる」

「お気をつけて！」

僕はニコに見送られながら、宇宙船の出口へと向かう。「はいってまーす！」とノックに応えながら、ぎこちない動作でハッチを開いた。

次の瞬間、僕の目に飛び込んで来たものに、目を疑った。

「お兄ちゃん！」

「二葉《ふたば》……！」

粗暴でカロリーを無駄に消費しそうな叩き方をしていたのは、可愛《かわい》い妹だった。

「どうしてこんなところに……」

「そ、それは、池袋方面に火球が降ったってニュースでやってたし、墜落したUFOの写真はネットニュースにアップされるし、UFOが落ちてるのは見たことがある庭だし、LINE《ライン》は既読にならないし……」

「マジで？」

僕が身を乗り出した瞬間、携帯端末から通知音が鳴った。

「宇宙船の中、圏外だったみたい……」

てへぺろ、と舌を出して可愛く誤魔化そうとした僕を見て、二葉はわなわなと震える。

「ご、ごめんって。まさか、心配されてるなんて思わなくてさ」

「お兄ちゃんの……」

二葉は震える声で、ぽつりと呟く。なんか危険な香りがしたので、機嫌を取ることにした。

「あっ、そうだ。僕、インベーダーゲームの筐体《きょうたい》を買ったんだ！　二葉も一緒に——」

「お兄ちゃんの、ばかーっ！」

「ひでぶっ！」

二葉は手にしていた紙袋を振《ふ》り被《かぶ》り、僕の身体を殴りつける。

「痛っ！　だいぶ痛いんだけど、それ！　何が入ってるの!?」

「『十万石《じゅうまんごく》まんじゅう』よ」

「饅頭《まんじゅう》で殴らないで！」

十万石まんじゅうと言えば、我が埼玉名物の一つだ。

白いお饅頭に、十万石と書かれたシンプルなものだけど、どっしりとした餡子《あんこ》と、何処かもっちりとした食感が好きだ。

「お兄ちゃんの様子を見に行くなら、お土産があった方がいいと思って……」

「妙なところで律義だよな……。後で、メフィストさんに渡しておくよ」

僕は、二葉から十万石まんじゅうを受け取ろうとする。

一人で食べないように気を付けよう。ゲームをやっていると、ついついその辺の食べ物に手を伸ばしてしまうので。

だが、二葉はまんじゅうが入った紙袋を手にしながら問う。

「ところで、インベーダーゲームって言ってたような気がしたけど……」

「えっ、聞き間違いじゃないデスカ？」

僕は露骨《ろこつ》に目をそらす。

二葉は、僕がゲームばかりしているのをよく思っていない。それなのに、ゲームで機嫌を取ろうとしてしまったのは、とっさにそれしか思い浮かばなかったからだ。

流行《はや》りのスイーツを食べに行こうと誘えばよかったかもしれない。流行りのスイーツなんて、分からないけど。

「しかも、筐体を買ったって……。お兄ちゃん、ついに……」

二葉はドン引きだ。二、三歩距離を取る妹に、僕は慌《あわ》てて距離を詰める。

「レトロゲームは、筐体もあってこそなんだってば……！　現行のアーケードゲームならば、ゲーセンに行ってその空気を味わいながらプレイすることが出来るけど、レトロゲームはそういうわけにはいかない。インベーダーゲームぐらい有名ならば、レトロな喫茶店に置いてあるらしいけど、基本的にはリアル世代が思い出に浸《ひた》る場所であって、僕達のようなリバイバル世代が荒らしていい場所じゃないんだ。だから、自宅に置いてその時代を想像しながらゲームをすることが醍醐《だいご》味《み》であって――」

「ゲームの話題になるといきなり饒舌《じょうぜつ》になるお兄ちゃん、ちょっとキモイ……」

「キモイ!?」

妹にキモイ兄扱いされたのは、かなりの衝撃だった。百万石まんじゅうアタックくらいの衝撃だ。

「まあ、言いたいことはいっぱいあるけど、まず、聞きたいことがあるの。このＵＦＯは何？」

二葉は、宇宙船を指さしてずばり問う。

「え、えっと、ＵＦＯとは未確認飛行物体であって、これは確認されてて飛行していないから、確認済墜落物体っていうか……」

「揚げ足を取らないで。私が聞きたいこと、分かるでしょ？」

「はい……」

腰に手を当てて叱りつけるように言う二葉に、僕はただ、小さくなることしか出来なかった。

「これが火球の正体なの？　宇宙から来たの？　お兄ちゃんは無事なの？」

二葉はまくしたてるように問う。その表情は焦《あせ》っているようにも、心配そうにも見えた。

まさか、この僕を心配してくれているのだろうか。

だったら、もっと分かり易《やす》いように、「お兄ちゃんってば、いつも無茶ばかりするんだから……」と言って欲しい。ちょっと照れくさそうにしながら。

「まあ、僕は無事。これは、なんていうか……」

宇宙船だと知ったら、二葉は心配するだろう。宇宙海賊だなんて単語を出したら、僕の正気を疑われるだろう。穏便に解決するためには、ファウストさんが勝手に作ったアトラクションとでも言おうか。

そんな時、僕の背中から声が掛かった。

「カズハ、どうしました？　ファウストが、チワゲンカじゃないかと心配してましたが」

僕の背後から、ニコがひょっこりと顔を出す。途端に、二葉の顔が強張《こわば》った。

まずい。最悪のタイミングだ。

「そ、その子……まさか……」

「ち、違うんだ！」

宇宙人だと知られたら、話がややこしくなる。二葉は可愛い妹だし、僕が巻き込まれる厄介ごとからは、出来るだけ遠ざけたい。

「お、お兄ちゃんの恋人……？」

「ゑっ」

今、なんて？

「まさか、そんな幼い子が好みだなんて……。ゲームオタクでロリコンだなんて、完全にアウトじゃない……」

「ろ、ロリコンに謝ってくれ！　彼らは関係ないんだ！」

ゲームオタクなのは認めるけど、関係ない人々まで巻き込みたくなかった。

一方、二葉の様子がおかしい。すっかり顔が青ざめている。

「どうりで、お兄ちゃんが碌《ろく》に連絡も寄こさずに、東京に入り浸ってると思った……」

「いや、誤解だって……」

僕は弁解しようと二葉に歩み寄るが、再び、十万石まんじゅうアタックが繰り出される。

「痛いっ！」

「お兄ちゃんの馬鹿！　もう、ダイナマイトボディのイケイケガールになってやるんだから！」

二葉はそう叫んでその場から立ち去ろうとするが、バリケードの扉が閉まっているのを見て、回れ右をして迎手に向かってしまった。扉を乱暴に開け、メフィストさんが店番をする店内へと突撃する。

「いつのまにか、妹が死語使いになっていたなんて……。っていうか、なんてことを口走ってるんだ……」

お兄ちゃんは心配だ。

二葉が身体のことに言及していたから気付いたけど、二葉の背丈は、ちょっとだけ伸びたように思えた。

「もしかして……」

「あの子、寂しそうな顔してました……」

ニコは、心配そうに僕の袖《そで》を引っ張る。追いかけろと言わんばかりの眼差しに、僕は迷わず頷いた。

「以前、メフィストさんも寂しがってたって言ってたけど、マジだったのかな……」

「マジだとニコは思います。カズハに対して、抑《おさ》えきれない感情を爆発させていたように思います」

「抑えきれない感情が……」

「そう。ジューマンゴクマンジュウに込められていたのでは、と」

ただひたすら痛かった十万石まんじゅうアタックに、二葉の気持ちが込められていたなんて。

「二葉！」

僕は、二葉に真意を聞くべく、扉が開けっ放しになった迎手へと乗り込む。だけど、店内にいたのはメフィストさんだけだった。

「あれ、二葉は？」

「二葉さんなら、お化粧を直しに行きましたよ」

「化粧!?」

馬鐘荘の方を指さすメフィストさんに、僕は目を剝《む》いた。

「だって、二葉はまだ高校生ですよ!?」

「高校生なら化粧くらいしますよ。うちのお客さんもしてますし」

メフィストさんは、あっけらかんとした顔で言った。

「そんな風には見えなかったのに……」

「ナチュラルメイクってやつですかねぇ。とても品が良くて背伸びをし過ぎない、良いメイクだと思いましたが」

「メフィストさんには分かったのか……」

兄である僕には見抜けなかったというのに。

「女の子は、あっという間に成長するものです。男はいつまでも少年の心を持っていると言いますが、女子はいつの間にか大人になっているんですねぇ」

メフィストさんは、娘の成長を喜ぶ親のような目をしていた。

「そっか……。化粧なんて、大人にならないとしないものかと……」

「早い子は、小学生でもメイクをするようですしね。迎手にも、ちょっとおませな小学生の女の子が来ますよ。流石に、背伸びをし過ぎている子は注意しますが、大抵は微笑《ほほえ》ましい気持ちで見守ってますね」

「メフィストさん、池袋の母じゃないですか……」

なんかもう、悪魔から転職した方がいい気がしてきた。

「まあ、メフィストさんの方向性はともかく、二葉の誤解を解かないと……。前にも同じパターンがあったような気がするけど」

「フタバが逃げたの、ニコのせいかもしれません。ニコもお手伝いします」

ニコの目はやる気に満ちていた。巻き込むのもどうかと思ったけど、二葉の表情から気持ちを見抜いてくれたので、お言葉に甘えることにした。

「メイクを直しに行ったってことは、馬鐘荘の……」

ちゃんとした洗面所があるところと言えば、大浴場の脱衣所だろうか。男湯と女湯が分かれていないので、アンラッキースケベが発生してしまうかもしれない。

僕は、馬鐘荘へと通じる階段を急いで下りた。

「いや、待てよ……」

「カズハ、どうしました？」

立ち止まる僕に倣《なら》って、ニコも立ち止まる。

「大浴場にはネッシーがいるんだ！」

僕は転がる勢いで走り出す。ニコもまた、「ねっしーって何ですか!?」と聞きながら、軽快に僕の後を追ってくれる。

大浴場は地底湖になっていて、何故かネッシーが生息している。

もし、ネッシーが更衣室まで顔を出したら、二葉が危ない。主に、パニックになりそうという方で。

「二葉！」

僕は大浴場の扉を開け放つ。

だけど、中にいたのは、昼間からひと風呂浴びようとしていた中年のおじさん住民だった。

「きゃー！　二〇二号室の住民のエッチ！」

上半身裸の中年のおじさんは、顔を赤らめてむっちりボディを隠す。

「す、すいません！　あの、うちの妹が来ませんでしたか!?」

「女の子なら、さっき、すれ違ったけど……」

「なんだ、入れ違いか……」

「いや、きょろきょろしながら、下の階に……」

「なんと！　有り難う御座います！」

僕は勢いよく扉を閉め、階段の方を見やる。まさか、僕の部屋がある地下二階へと向かったのだろうか。

嫌な予感がする。階段を下りようとした時、下の階から聞き覚えがある悲鳴が響き渡った。

「ぎゃあああああっ」

「これは、二葉の声だ……！」

僕とニコは顔を見合わせると、悲鳴が聞こえた方へと向かったのであった。


悲鳴は地下二階よりも遠くから聞こえて来た。僕とニコは手分けをして捜すけど、二葉の姿は見えない。

いくつかフロアを下りた先で、突き当たりにある扉が開かれているのが分かった。

「ど、どうして……」

これは、地底世界へと繋がる扉だ。しかも、僕の記憶が正しければ、繋がった先は氷河期になっているはずだ。

何故、二葉はこんなところまでやって来たのか。

「これか……！」

扉の前には、フロアスタンドが置かれていた。ファウストさんかメフィストさんが扉を弄っていたのだろう。『清掃中』の表記がある。

「商業施設のトイレなんかで見るやつじゃないか……。まさか、二葉のやつ、これを見てトイレだと勘違いしたんじゃあ……」

二葉は、共有トイレの鏡を使おうとしていたのだろう。だけど、共有トイレはどのフロアにもないので、探しているうちに下へ下へと下りて来てしまったのだ。

そして、『清掃中』と意味深なフロアスタンドが置かれた扉を発見し、ほっと胸を撫で下ろして入ったという――。

「我ながら、名推理だ……！」

出来れば迷推理であって欲しいと思いながら、僕は扉の中へと駆け込む。

「カズハ、この先は……!?」

「危ないかもしれないから、ニコはここで待ってて！」

「いいえ。危ないのならば、ニコも行きます！」

ニコは、僕とともに扉の中へ飛び込む。

途端に、僕達の身体は凄《すさ》まじい冷気に包まれた。

「寒っっ！」

「これは……。先ほどまでいたエリアと、外気が全く違う……」

ニコは息を呑む。

僕達を迎えたのは、凍り付いた大地だった。凍てついた地面が何処までも続き、頭上も氷の天井が覆《おお》っている。

ここは、巨大な氷の洞窟だ。何処からか入り込んだ風が、粉雪をちらほらと氷の床に降り積もらせている。

そんな場所に、二葉はいた。二葉は腰を抜かして、目の前の存在を慄《わなな》きながら見つめている。

「ケナガマンモス……！」

僕が、馬鐘荘にやって来た時、初めて遭遇した古代生物だ。相変わらずの毛むくじゃらで、湾曲した立派な牙を持っていた。

「二葉！」

「お、お兄ちゃん……」

二葉は震える声で僕を呼ぶ。気丈な妹とはいえ、自分の身長をゆうに超えるケナガマンモスを前にして怯《おび》えないほど強くはない。

ケナガマンモスは、「パオ――ン！」と長い鼻を持ち上げて叫んだ。

長い毛に埋もれそうな目には、怒《いか》りのような感情が浮かんでいるのが分かる。ケナガマンモスの姿に驚いた二葉の悲鳴で、興奮してしまったのかもしれない。

ケナガマンモスは長い鼻を豪快に振りながら、前脚を上げる。

これはいけない。

「やめろ！」

僕は、二葉とケナガマンモスの間に立ちはだかった。

「お兄ちゃん……」

「二葉は大事な妹なんだ！　足一本触れさせるものか！」

間近で見ると、ケナガマンモスの脚はやはり大きい。僕のもやしみたいな身体なんて、踏《ふ》み潰《つぶ》されたら見えなくなってしまうのではないだろうか。

でも、二葉のためにも、ここをどくわけにはいかない。

「二葉、今のうちに逃げろ！」

「で、でも」

「こんな足、兄ちゃんが受け止めてやる！」

僕は覚悟を決め、歯を食いしばる。

受け止められるわけがない。ケナガマンモスの体重は幾らだと思っているんだ。まともに相手が出来るのは、マキシやエクサのようなアンドロイドくらいだろう。

でも、受け止めなくては。自分が痛い思いをするよりも、妹が痛い想いをする方が辛いから。

僕の覚悟なんて構わずに、ケナガマンモスの足の裏が迫る。皺《しわ》が深く刻まれた足の裏は、ところどころ摩擦《まさつ》で擦《す》り減《へ》っていた。

僕は足の裏を受け止めるべく、両手を突き出す。ケナガマンモスの足の裏に触れると、生き物とは思えないほどにどっしりしていて、燃えるように熱くて――。

「いててて、折れる、折れる！」

両手が軋《きし》み始めたその時、小さな影が目の前に潜《もぐ》り込《こ》んだ。

「ニコ！」

「カズハ、助太刀《すけだち》します！」

ニコは、宇宙服の手にナックルのような装置を嵌《は》めていた。

「手を離してください！」

「は、はい！」

ニコに言われて、反射的に手を離してしまう。ケナガマンモスの足の裏が迫るが、ニコは装置を嵌《は》めた手で迎えうった。

「パオーン!?」

ケナガマンモスは、一瞬だけビクッと身体を跳ねさせると、ビックリしたような声をあげて去って行く。

洞窟全体を揺るがさんばかりの地響きは、あっという間に遠くなってしまった。

「えっ、今の……何だったの……」

「ニコが強力な電気を流してみました。宇宙服に搭載されている対生物兵器を使うのは久々だったので、準備が遅れてしまって申し訳ございません」

ニコは、ぺこりと頭を下げる。

「いや……、いいんだ。めっちゃ助かった……」

両腕がじんじんと痛い。折れてはいないだろうけど、これ以上、無茶をしたらバラバラになってしまいそうだ。

それでも、まだやらなくちゃいけないことがある。僕は、二葉に右手を差し出した。

「二葉、大丈夫か？」

「うん、大丈夫……」

二葉は僕の手を取り、すがるように寄りかかりながら立ち上がる。ふわりと、いい香りがした。香水でもつけているんだろうか。

やっぱり、二葉はいつの間にか大人になっていたんだ。妹の成長を実感していると、二葉は僕の顔を覗き込むように問う。

「ところで、今のは何？　ここは、何なの……？」

「えっ、あっ、その……。げ、ゲームだよ！　最新の！　ＶＲだって、ＶＲ！」

僕は咄嗟《とつさ》に嘘を吐《つ》く。しかも、二葉が目の敵《かたき》にしているゲームだと言い張って。

「この子はニコ。僕のゲーム仲間！」

僕がニコを紹介すると、ニコは咄嗟に僕の表情を読み取り、慌てて頷き、話を合わせてくれた。

きっと、また二葉は怒るだろう。ゴミを見るような目で罵《のの》るかもしれない。

先ほどの雄姿で、駄目な兄貴という汚名を返上出来ると思ったけれど、それはもう、叶わぬ夢か。

思わず涙しそうな僕だったけど、二葉は、「あ、そう……」と言っただけだった。

「リアクション薄っ……！　と、とにかく、驚かせてごめんな……」

「別に、いいけど」

二葉は、プイッとそっぽを向く。これは滅茶苦茶怒っているパターンだろうか。僕の方からは表情が見えないので、生きた心地がしない。

「なんかもう、何から何までゲーム尽くしで、どうかと思うんだよね。なんか、そのままゲームの世界に行っちゃいそうで」

「と、トラックに轢《ひ》かれて異世界転生しないようにする……」

二葉の言葉が何かのフラグに聞こえてしまって、僕は焦ってしまう。ゲームは好きだけど、ゲームの世界に行きたいわけじゃない。安全安心なところでゲームをするからいいのだ。

「……もう、いいよ」

「二葉……」

「ゲームにしろ、何にしろ、私を助けようとしてくれたお兄ちゃんは、ちょっとカッコよかったから」

「えっ」

一瞬、聞き間違えかと思った。僕が聞き直そうとする前に、二葉はさっさと僕から離れて出口へと向かう。

「偶《たま》にでいいから、アパートでの出来事を報告してよね」

「あ、ああ！」

ちょっと照れくさそうな妹は、最高に可愛いと思った。成長して大人っぽくなり、いつかは一人前の女性になるのかもしれないけど、どんなに変わっても、二葉は僕の大事な妹だ。

「フタバ、カズハへの誤解が消えたようで、良かったです」

ニコは嬉しそうに、二葉の背中を見つめていた。僕は、「うん」と頷く。

「それにしても、僕はまだ少年ハートが抜けないのに、女の子は成長が早いんだな。まさか、香水までつけてるなんて」

まだ、二葉の香水の名残《なごり》がある。実家にいた時なんて、香水をつけた母さんを、「植物園が歩いて来たみたい」なんて言ってたくせに。

「フタバも、適齢期になったら雄のパートナーと一緒になるんですね」

「ん？」

しみじみしているニコに、僕は首を傾げた。

「えっ。カズハ達は雌雄が分かれているので、雄のパートナーが必要では？」

ニコは不思議そうに、僕と同じ方向へと首を傾げた。

自分の血の気《け》が引き、顔が青ざめるのが分かる。不安が濁流のように押し寄せ、気付いた時には、二葉に縋り付いていた。

「ふたばぁぁ～、彼氏が出来たらお兄ちゃんに教えてくれぇぇ。そいつがちゃんとした男か、ゲームで対戦して試してやるからぁぁ～」

「ぎゃっ！　お兄ちゃん、キモ過ぎ！」

二葉の肘鉄《ひじてつ》が顔面にめり込む。攻撃力も、昔と比べて強くなっているように思えた。

その後、二葉は埼京《さいきよう》線へ見送りに行くまで膨《ふく》れっ面《つら》だったけど、僕はちゃんと、アパートのことを報告するようにと、携帯端末のタスク欄に書き込んだのであった。

こぼれ話●さらば、真夜中の移動販売店！

目が覚めたら、丑三《うしみ》つ時《どき》だった。

お腹がわびしそうに鳴いている。朝食の時間まで待っていろよとお腹をさするものの、ぎゅるぎゅるとひどい音を鳴らしていた。

まずい。このままでは眠れない。

「コンビニに行こう……」

今の時間ならば、コンビニの店員さんと酔っ払いくらいしかいないだろうと思い、僕はスウェット姿で靴を履く。他にいるとしたら、おばけくらいだろうか。

そんなことを考えながら扉を開けた次の瞬間、僕の視界に、髪をだらりと垂らした人影が飛び込んできた。

「ギャー！　幽霊もいたー！」

「えっ、幽霊!?　どこどこ!?」

幽霊は髪を振り乱し、きょろきょろと辺りを見回す。

「……何だ、加賀美《かがみ》か」

「葛城《かつらぎ》、ぼくを幽霊と見間違えたの!?」

加賀美は垂らした髪を掻《か》き分けつつ、ぷりぷりと怒る。

「だって、呪いのビデオにとり憑《つ》いていそうな姿をしてたから……」

「うーん。あの人、生前は美人だったから怒れないな」

加賀美は満更《まんざら》でもなさそうな顔で、真っ直ぐ伸びた長い髪をポニーテールにした。

「で、どうして加賀美がここに？」

「お腹がすいたから、葛城を起こしてコンビニに行こうと思って」

「僕を起こさないで、マキシかエクサを呼べばいいのに……」

「でもほら、二人とも睡眠をとらないとはいえ、こんな時間だし、迷惑が掛かっちゃうかなと思って」

「僕に対する罪悪感とかは……？」

疑問を浮かべる僕に、加賀美はぺろりと舌を出して誤魔化《ごまか》す。何という小悪魔。

「まあ、僕もお腹がすいてたから、ちょうどいいけどさ」

「やったー、流石《さすが》は葛城。ぼく、プリンを食べたいな」

「奢《おご》るとは申しておりませんが!?」

僕達は地上に出るべく、上り階段を往く。節電をしているせいで足元が暗く、おぼつかない足取りになってしまった。

ちょっとした閉塞感《へいそくかん》が僕を襲い、早く外に出たいという気持ちが募《つの》る中、いい匂いがふわりと鼻腔《びこう》をくすぐった。

「おでんだ！」

「パンだ！」

僕と加賀美は、ほぼ同時に叫んで、顔を見合わせた。

「いやいや。このかぐわしい出汁《だし》の感じは、おでんの匂いだって」

「ううん。この芳《こう》ばしい香りはパンだってば」

一瞬、二人揃《そろ》って睨《にら》み合《あ》うものの、僕はパンの匂いもしていることに気付き、加賀美もまたおでんの匂いを感じ取ったらしく、匂いに吸い寄せられるように、ふらふらと地下一階へと踏み込んだ。

「あっ、教授！」

地下一階の廊下に、トロッコを改造した屋台が出ていた。

提灯《ちょうちん》のぼんやりとした灯りに照らされているのは、中折れ帽をかぶったハンサムな男性だった。

冒険家のようないでたちをしているが、本職は教授らしい。その上、時々、馬鐘荘《バベルそう》の中でパンやおでんを売ったり、大学の近くで饅頭《まんじゅう》を売ったりしているので、いよいよ何者かよく分からなくなっていた。

世の中には、深く考えるべきこととそうでないことがあるようで。教授はきっと、後者なのだろう。

「やあ、いらっしゃい」

教授は白い歯を見せて微笑《ほほえ》み、僕達を歓迎してくれた。

「今日は、地底おでんとアンモナイトパンを売ってるんですね」

「ああ。饅頭もあるぞ」

教授は、トロッコの裏から、モグラ饅頭も出してくれた。

「今までの商品勢ぞろいって感じ？　食べ逃したものを食べられるのは嬉しいけど、どうして？」

　加賀美は首を傾《かし》げる。

　それは、僕も気になった。これではまるで、在庫処分セールみたいじゃないか。

「そろそろ、このアパートから出て行こうと思ってね」

「ええっ!?」

　僕と加賀美の声が重なる。

「ど、どうしてですか!?」

「ついに、メフィストさんに追い出されちゃうことに!?」

　屋台から身を乗り出す僕達に対して、「いいや」と教授は首を横に振った。

「地底生活はとてもいい経験だった。しかし、そろそろ外の世界に旅立とうと思ってさ」

「外の世界に……」

「旅立つ……」

　教授の目は遠くを見つめていた。そのまま、エジプトやモロッコにでも旅立ってしまいそうな雰囲気だ。

「生物の進化は、気が遠くなるほど長い年月をかけて達成されるが、今、この瞬間も、少しずつ進化している。常に生命の営みが行われ、常にサイクルが回っていて、留まることを知らない。だから、俺も留まらずに、進もうと思ってね」

「そう……ですか……」

教授がいなくなるのは寂しい。

奇妙なものを売っているけど、基本的にどれも美味《おい》しいし、僕が出会った変な人べストファイブに入るくらいに変人だけど、教授との冒険は楽しかった。

でも、前に進もうとしている人に、「行かないで」とは言えない。加賀美も同じ気持ちなのか、俯《うつむ》いて沈黙したままだった。

そんな僕達に、教授はおでんをよそってくれる。

優しい出汁の香りが、ふわっと僕を温かく包んでくれた。お椀の中から、アノマロカリスを模した、インパクトが大きすぎるこんにゃくが顔を出していた。巨大な複眼から向けられた視線からは、「元気出せよ」というメッセージが込められているようにも思えた。

「ほら。今日は俺の奢りだ。君達には、世話になったからね」

「そんな。お世話になったのは、ぼく達の方です……!」

　加賀美は、ぐすっと洟《はな》を啜《すす》る。加賀美のお椀からは、ピカイアの形をしたさつま揚げがはみ出していた。

「生物の進化は、生活圏を同じくしたもの達に促《うなが》されることもある。俺も、君達からそんな刺激を受けた気がするよ」

　教授はしみじみとそう言った。

　こっちは何もしていない気がするけど、教授にとって何かを得られていたのなら嬉しい。

「まあ、同じ空の下にいるんだ。また会えるさ」

　教授は、いつものように爽《さわ》やかに微笑む。なんかもう、その笑顔だけで胸が締め付けられそうだ。

「教授は、何処《どこ》の国に行っちゃうんですか？」

　ギリシャやメキシコかもしれないと思いながら、僕は問う。

「そうだな……。まずは池袋で頑張って、いずれは丸《まる》の内《うち》にも行けるようになりたいね」

「そうですか。丸の内に……って、丸の内!?」

僕と加賀美は、思わず目を剝《む》いた。

「ああ。丸の内はキッチンカーの激戦区だからね。しかし、やりがいはあるだろう？　馬鐘荘で培《つちか》ったノウハウを活かして、キッチンカーで東京中を制覇《せいは》してみせるさ」

教授は不敵に笑った。僕達からは、気の抜けた笑みが零《こぼ》れた。

「ははは……。てっきり、馬鐘荘を出て外国に冒険へ行くのかと」

「いずれは、海外進出もしたいけど、まずは東京からだ」

「アンモナイトパンが丸の内で売られるなんて。丸の内で働いている人達がどんな顔をするのか、楽しみだね」

加賀美は悪戯《いたずら》っぽく笑った。それは、僕もかなり見てみたい。

「そうだ。アンモナイトパンの新作を作ったんだ。試作段階だが、是非、君達に食べて貰《もら》いたい」

「えっ！　食べる食べる！」

加賀美はピカイアさつま揚げをぺろりと平らげ、目を輝かせて身を乗り出す。僕は、慌ててアノマロカリスこんにゃくを食べようとするものの、かなり歯ごたえと弾力があって嚙《か》み切り難《にく》い。

「このアノマロカリス……暴れるぞ……！」

嚙み切ろうとすればするほど、アノマロカリスが口の中でビチビチと動き回る。なんかもう、アノマロカリスの躍り食いをしている気分だ。

僕が悪戦苦闘の末、何とかアノマロカリスを平らげた頃には、屋台の上に新作のアンモナイトパンが用意されていた。

「これは……！」

「虹色に……輝いている……!?」

それは、虹色のアンモナイトパンだった。いや、パンなんだろうか。赤や黄、緑などに輝いているけれど。

「これは、アンモライトパンだ」

「アンモライト？」

僕と加賀美の声が重なる。

「そう。遊色効果を持った鉱物に置換したアンモナイトでね。限られた産地でしか産出されないんだ。宝石扱いされている化石なのさ」

「すごい……。そんなアンモナイトがあるんですね……」

「死んだ後に宝石になるって、なんかロマンチック……」

僕も加賀美も、目を輝かせてアンモライトパンを見つめる。

角度によって、赤だったところが緑に見えたり、緑だったところが黄色に見えたりもする。これが、遊色効果か。

しかし、疑問も残る。この遊色効果は、どうやって出しているのかと。

「教授……。因《ちな》みに、この遊色ってどうやって――」

果たして、食べられるものなのだろうかと疑問に思った僕は、恐る恐る尋ねようとする。

しかしその声は、「ウオオオ！」という雄たけびにかき消された。

「えっ、まさか！」

筋骨隆々《きんこつりゅうりゅう》でフィクションに出て来るような半裸の集団が、廊下の奥から走って来る。よく見ると、肩からタオルをかけているので、温泉上がりだろうか。

「まずいな。奴らに見つかってしまった。屋台ごと食い尽くされる前に、行かなくては！」

教授は屋台に飛び乗ると、鞭《むち》を振り回しながら階段へと突っ走る。下り階段をものともせずに下りて行く教授を、半裸の集団は雄たけびをあげながら追いかけて行った。

「挨拶、しそびれちゃった……」

加賀美は残念そうに、土煙が舞う階段の方を眺めていた。

「っていうか、これ、どうしよう……」

僕はアンモライトパンを手に、途方に暮れる。「食べるしかないんじゃない？」と加賀美は手を差し出した。

僕と加賀美は、アンモライトパンを半分にして、恐る恐る口にする。

すると、焼き立てのパンのふんわりとした食感と、優しいバターの香りが口の中に広がった。

アンモライトパンは、美味しいデニッシュだった。僕達は夢中になって、半分のパンを平らげる。

だけど、最後まで、遊色をどうやって出していたのかは分からなかった。

数日後、僕は池袋の路上で、迷彩色のジープが止まっているのを目撃した。

自衛隊かな、と思ったけれど、どうやらキッチンカーらしい。近所のオフィスから出て来たと思《おぼ》しき人達が、ずらりと並んでいた。

ジープには、『地底カレー』というのぼりが立っていた。どうやら、カレーをメインに、パンやおでんも売っているという何でもありのキッチンカーらしい。

ジープの中では、あのハンサムな教授が白い歯を見せて接客をしていた。僕はその笑顔が見られたのが嬉しくなって、火山と恐竜を模したという地底カレーを食べるべく、列の最後尾に並んだのであった。

第三話　終幕！　地底アパートよ永遠に

通信機の様子は思ったより悪く、ファウストさんは寝ずに修理をしていた。

というか、集中したいので寝たくないらしい。健康状態が心配だったけど、死人なので問題ないとのことだった。

「どうも、ファウストさんが死人だってことは忘れがちだよな……」

僕は目が覚めると、宇宙船の様子を見に行こうとした。

時間はまだ早く、他の住民が起きていない早朝だ。

今日は大学の授業がある。起床時間があまりにも遅いと、のんびりニコと交流出来ないので、早めに起きた。

「カズハ」

階段を下りて来るマキシと鉢合わせする。「あれ？」と僕は目を瞬《しばた》かせた。

「何処《どこ》に行ってたんだ？　って、ゲートを守ってくれていたんだっけ」

「夜間は人通りが少ない。ゲートはエクサに任せて、俺は宇宙海賊の船の残骸《ざんがい》を探しに行った」

「そうだった……。宇宙海賊の残骸探しのことをすっかり忘れてた……」

何かあった？　と僕が尋ねると、マキシは難しい顔をした。

「小さな火球が、東京の山間部に飛んで行ったという目撃情報を拾った。探索は困難だろう」

「山間部っていうと、奥多摩《おくたま》とか……？　ニコの宇宙船くらいの大きさだと、木々にすっぽり隠れちゃうな……」

残骸探しは、思った以上に時間がかかるかもしれない。

確かに、町中に落ちていれば、今頃、ネットニュースやＳＮＳで話題になっていてもおかしくなかった。

「だが、気になるものを発見した」

「気になるもの？」

「信号だ」

「……！」

マキシ曰《いわ》く、火球が落下したという山間部から、地球に存在するどれとも似つかない信号が発信されていたという。内容が分からなかったため、ニコに相談しに行ったそうだ。

「ニコは解析中だ。俺はメフィストに報告して来よう」

「確かに、メフィストさんには言っておいた方が良さそうだな……。宇宙戦争がどうにか出来るかはともかく、大家さんだし」

僕はマキシを見送り、地上へと向かう。

閉店中の迎手《ゲーテ》の隅っこでは、タマが毛布にくるまってすやすや眠っている。僕は、タマを起こさないように足音を忍ばせて、宇宙船がほとんどを占めている庭へと足を踏み出した。

朝日が昇り始めたばかりで、ビルとビルの間に落とされた影がゆっくりと薄れるところだった。

それにしても、宇宙船の方が騒がしい。

「あの、おはようございます……」

僕は遠慮がちに、開けっ放しのハッチから顔を出して挨拶をする。

すると、操縦室の方から、ファウストさんがすっ飛んで来た。

「ようやく直ったぞ！　通信機が！」

「えっ、マジですか！」

よかった、と胸を撫《な》で下ろしたいところだった。だけど、安堵以上に、嫌な予感が胸の中を渦巻いていた。

ニコも遅れて顔を出す。ニコの顔色は優《すぐ》れず、表情は暗かった。

「ニコ……」

「おはようございます、カズハ。マキシが、正体不明の信号を感知してくれたのですが――」

「うん、知ってる。話はマキシから聞いた」

「そう――ですか。ニコの方で分析したのですが、これは間違いなく、宇宙海賊『鯱《しゃち》』の救難信号です」

「救難……信号……？　それって、生きてるってこと？」

急に雲行きが怪しくなってきた。

「生きているかどうかは、分かりません。宇宙船が自動的に送信したものかもしれませんし」

　だが、完全に沈黙させたというのと、生きている可能性があるというのとでは、危険度が大きく変わる。そして、救難信号を送ったということは——。

「ふむ。まずは通信機を使ってみて、仲間と連絡を取ってみてはどうだ？　内側からでは分からない状況も、外からだと分かるかもしれない」

　ファウストさんは、顎《あご》で通信機の方を指し示す。

「ファウストの言うとおりです。ニコ達がここであれこれ言っても、所詮《しょせん》は机上の空論ですから」

　ニコは、僕とファウストさんを連れて操縦席に向かう。

　すると、通信機に添えられたランプが点滅していた。「仲間からの通信を受信したようです！」とニコが駆け付ける。

　僕とファウストさんは、その様子を見守ることしか出来なかった。ニコが通信機のパネルを操作すると、焦《あせ》ったような声が操縦室のスピーカーから響き渡った。

　ニコの星の言葉なので、何を言っているかは分からない。だけど、焦燥感だけは痛いほど伝わって来る。

「『鯱』が……」

ニコは真っ青な顔で呟《つぶや》いた。

「生きてたのか……？」

僕の問いに、ニコは頷《うなず》く。

「でも、それだけじゃありません……」

「『鯱』の増援が来るんだな？」

ファウストさんの言葉に、ニコはかくかくと頷いた。

「増援……!?　『鯱』の仲間が、こっちに来るってこと!?」

僕は思わず目を剝《む》いた。ニコは更に険しい顔で、上空を見やる。

「いや、増援が確認されてから時間が経過しています。恐らく、もう――」

刹那《せつな》、凄《すさ》まじい衝撃が宇宙船を襲った。

「わっ、な、なんだ!?」

機体は大きく揺れ、僕は操縦室の座席にしがみついた。

地震だろうか。それにしては、凶暴で悪意に満ちた振動だ。

「大気圏外からの攻撃です！」

「マジで!?」

宇宙船の外に出ると、バリケードの一部が消滅していた。それどころか、大地が消失していた。

アスファルトには大穴が開き、ジュウジュウと嫌な音とともに白い煙があがっている。辺りは妙に蒸し暑く、大地が熱線で焼かれたことを物語っていた。

「敵襲か！」

エクサはバリケードの入り口を開け、惨状を確認しに来る。アパートからは、メフィストさんとマキシ、そして、タマを抱っこしている加賀美《かがみ》も顔を出した。

「何、今の揺れ——って、なにこれ！」

加賀美は変わり果てた大地を見て、悲鳴をあげる。メフィストさんは、「また豊島《としま》区に迷惑を……」と卒倒しそうになっていた。

「豊島区どころじゃないです！　宇宙海賊が攻めて来たんですよ！」

「宇宙海賊が!?」

宇宙船にいなかったメンバー達は、ギョッとした顔で空を仰《あお》いだ。

「くっ、あと三日ほど待っていてくれれば、宇宙船の修理で得た知識を活かして、新しい兵器を作れたのだが……！」

ファウストさんは悔《くや》しそうだ。嫌な予感がするので、すべてが無事に済んだら天の国にクーリングオフした方がいいかもしれない。

「ニコ、敵機の位置は!?」

マキシは問う。攻撃は上から降って来たようだが、僕達からは、目視が出来なかった。

「大気圏外です。おおよその位置はレーダーで摑《つか》めました。恐らくこれは、ニコに対する威嚇《いかく》射撃なのでしょう。まず、仲間を酷《ひど》い目《め》に遭《あ》わせたニコを血祭りにあげたいのだと思います……」

「そんな……。ニコちゃんは隠れてた方がいいって」

加賀美は、ニコを馬鐘荘《バベルそう》に匿《かくま》おうとする。だけど、ニコは首を横に振った。

「いいえ。これは、ニコがどうにかしなくては。皆さんに、ご迷惑をお掛けするわけにはいきません」

「ニコちゃん側の増援は……？」

「生憎《あいにく》と、遅れてしまうそうです。他のメンバーは、遠方で別の宇宙海賊と戦っていたので……」

「ううう……。人手不足っていう世知辛《せちがら》い状況は、宇宙共通なのか……」

加賀美はがっくりと項垂《うなだ》れる。タマが、「くるぅ……」と心配そうにきょろきょろしていた。

「ニコは行きます。幸い、宇宙船は飛べる状態まで修復出来ましたし。有《あ》り難《がと》う御座《ござ》いました」

ニコは頭をぺこりと下げ、宇宙船に乗り込もうとする。

「ですが、完全でない宇宙船一機で戦えますかねぇ……。馬鐘荘の地底世界ならば、シェルターのようなものですし、時間稼ぎにもなるかもしれません……」

メフィストさんは、ニコを心配しているようだ。池袋の母と化したメフィストさんに、ニコは微笑《ほほえ》んだ。

「お気遣《きづか》い、有り難う御座います。ニコは地球の皆さんの優しさに触れることが出来て、とても幸せでした」

「ニコさん……」

「それに、彼らはニコを炙《あぶ》り出《だ》そうとしています。ニコが姿を現さなくては、地球上の歴史ある建物を攻撃する可能性があります。ここのように」

そう言えば、歴史や文明を破壊する海賊だった。確かに、重要文化財や世界遺産が壊されては、たまったものではない。

「えっ、待てよ。ここのように？」

僕が鸚鵡《おうむ》返《がえ》しに問うと、ニコは「はい」と頷く。

「馬鐘荘が、最も歴史的価値がある施設だと思われたようですし、ニコもそう思っています」

「ターゲットは、ニコじゃなくて馬鐘荘だった……」

僕は思わず上空を見やる。

確かに、馬鐘荘は地底世界に続いているし、絶滅したはずのヴェロキラプトルの幼体であるタマもいるし、ちょっと階段を下りればケナガマンモスに襲われるなんていう体験も出来るし、地球の歴史を疑似体験出来る場所でもある。

「寧《むし》ろ、危険なのは僕達か!?」

僕の叫びに、メフィストさんは「避難指示を出して来ます！」と血相を変えて建物の中へと駆け込んだ。それなりに安全だと思っていた馬鐘荘が、まさか宇宙海賊のターゲットになってしまうとは。
「最後の最後でご迷惑をお掛けして、本当に申し訳ございません。それでは」
ニコは今度こそ、宇宙船の中に消えようとする。儚《はかな》く微笑むニコを、僕は放ってお
けなかった。
「待って！」
「もう、行かなくては。そろそろ、先ほどの攻撃が出来るほど、エネルギーが充塡《じゆうてん》さ
れたことでしょう」
「僕も、連れて行ってくれ！」
「えっ……」
ニコが目を見開き、その場にいた全員が息を呑《の》む。僕自身も、自分の行動に驚いて
いた。
宇宙船に乗ったことがない僕がついて行ったところで、一体、何の役に立つのだろ
うか。だけど、応急処置が終わっただけの宇宙船で海賊に挑もうとするニコを、僕達
の居場所を守ろうとしている人を、見守っているだけというのは歯痒《はがゆ》かった。
「確かに、撃墜王《げきついおう》であるカズハがいてくれた方が、頼もしくはあります。攻撃はカズ

ハに任せ、ニコが手計算で故障中のオート機能の代理をすれば、本来の戦闘力は引き出せるはずです」

「えっ、待って。撃墜王っていうか、インベーダーゲームがそれなりに出来るゲーマーっていうだけだし、eスポーツの人達に比べるとまだまだなんだけど……」

「頼りにしています。インベーダーを共に屠《ほふ》って下さい」

ニコは、ぎゅっと僕の手を握る。分厚い宇宙服越しなのに、ニコの手が震えているのが分かった。僕は思わず、その手を握り返す。

「……正直、腕前はどうかと思うけど、全力は尽くす」

「はい！」

ニコの震えが止まった。ニコが命を懸けて地球を守ってくれようとしているのなら、僕はニコとともに生き残れるように頑張らなくては。日和《ひよ》っている余裕なんてないのだと、己を律した。

「カズハ、ニコ。俺も連れて行け」

マキシはずいっと詰め寄った。そんなマキシに、エクサも並ぶ。

「僕も、宇宙船のフォローくらいはしてみせるよ」

「ならば、俺もエンジニアとしてついて行かなくてはな！」

ファウストさんは、場違いなほど明るい声で言った。もしかしたら、宇宙船で戦うことに興味津々なだけなのかもしれないけれど、ついて来てくれるのは頼もしい。

「まあ、ファウストさんはエンジニアじゃなくて、アルケミストですけどね……」

僕は、決断の邪魔をしない程度のツッコミをした。

「やれやれ。それならば、ドクトルが迷惑を掛けないように、私もついて行きましょうか」

いつの間にか、メフィストさんも戻って来ていた。

アパートの住民達を外に誘導し終えたらしく、朝食を食べる機会を失った住民達は、「カフェに行くか」とか「コンビニで飯を買って、公園で食べるか」とか言いながら、のろのろとアパートを後にした。

「彼らに、宇宙からの攻撃が来ると言っても、混乱するだけですからね。避難訓練及び、害虫駆除をするために薬を撒《ま》くと言って避難させました」

メフィストさんは得意顔だ。確かに、宇宙海賊が来るぞと言われたら、「そんな馬鹿な」と留まる人がいそうだけど、殺虫剤を焚《た》くぞと言われて留まる人はいない。

流石《さすが》はメフィストさん。嘘が上手い。

「ついでに、殺虫剤も焚いてきました」

「嘘じゃなかった！」

「雑貨屋も臨時休業にしますしね。暇なので、ついて行ってもいいですよ」

メフィストさんは尊大に言い放った。加賀美はタマを抱いたまま、きょろきょろしていたが、やがて、手を挙げながらぴょんぴょんと跳ねる。

「それじゃあ、ぼくも！　殺虫剤を焚いてるなら、タマは戻れないじゃん。だったら、宇宙船に乗るしかないじゃん？　そのお世話係として行く！」

すっかり、大所帯になっていた。嬉しそうだったニコの顔に、不安が過《よ》ぎる。

「えっと、予備の宇宙服が足りるかどうか……。船内は皆さん向けに酸素量を調節できますけど、万が一の事態になって、宇宙空間に放り出されることもありますし」

「安心して下さい。私は悪魔ですし、ドクトルは死人なので、宇宙空間に放り出されても死にはしませんよ。そして、マキシマム君とエクサ君は酸素を必要としません」

ツッコミどころ満載のメンバーだ。だけどニコは、メフィストさんの言葉を聞くとパッと表情を明るくした。

「それなら大丈夫です！　皆さん、宜《よろ》しくお願いします！」

ニコは、僕達を操縦室まで案内する。

座席は幾つかあり、全員が座れそうだ。ニコは、それぞれの役目を聞き取りつつ、席を決めていく。

「カズハは、こちらに」

僕が案内されたのは、レーダーやレバー、ボタンなどが、やたらと多い席だった。操作が複雑そうだと一瞬だけ不安が過ぎるものの、ニコにそれぞれのボタンの役目を教えられるうちに、心に宿りそうになった暗雲は払拭《ふっしょく》されていった。

「これ、インベーダーゲームでやった操作法だ……！」

そう、偶然にも、インベーダーゲームの仕様とほぼ変わらなかった。

これなら、行けそうな気がする。

「では、発進しますね。皆さん、シートベルトは締めましたか？」

操縦席に乗ったニコは、緊張感がなくなるほど丁寧に尋ねる。加賀美とメフィストさんは、「はーい」と軽い返事をした。

どことなくバス旅行のノリを思い出しつつ、僕も「はーい」と手を挙げる。

「Gが掛かるので歯を食いしばって下さい。それでは、発進！」

「Gって、あの黒光りするやつかな」

「それなら今、馬鐘荘の中で悶《もだ》え苦しんでますよ」

加賀美とメフィストさんの嫌な会話を最後に、宇宙船は大きく揺らぐ。ふわりとした浮遊感に、離陸したのだと悟った。

それぞれの席には、モニタがある。窓はないが、モニタから外の様子を見ることが出来た。

バリケードが吹っ飛ばされたところから、例の女性記者が敷地内に入り込もうとしていた。彼女は上空に舞った宇宙船に気付き、慌てて携帯端末を取り出すものの、離陸の際に巻き起こる風に煽《あお》られ、風圧に耐え切れずにごろごろとアスファルトを転がって行った。

頭を打ってないといいなと思いながら眺めていたが、女性記者の姿はあっという間に小さくなり、混沌とした池袋駅西口方面の雑居ビルの風景へと消えた。

池袋駅の向こうに、サンシャイン60ビルが見えて、その奥には東京スカイツリーも見える。スカイツリーの前に横たわっているのは、隅田川《すみだがわ》だろうか。スカイツリーの更に奥には、東京湾があり、千葉県の大地が広がっていた。コンビナートの煙突からは煙がモクモクと流れていて、キラキラ光る東京湾には働き者の貨物船が出勤するところだった。

「わぁ……」

千葉県の向こうにある太平洋が見えたところで、がくんと引っ張られるような感覚があった。東京の摩天楼《まてんろう》も、千葉のコンビナートも、急速に遠くなる。

「あわわわ」

「カズハ、口を閉じろ。舌を噛《か》む」

隣に座っていたマキシが、鋭く言った。僕は慌てて口を閉じる。

引っ張られるような感覚なのか、身体が押《お》し潰《つぶ》されるような感覚なのか、最早《もはや》、分からない。重力と、それに相反する力のせいで、内臓がプレスされてお腹と背中がくっついてしまいそうだ。

もう、モニタを見ている余裕なんてない。僕は祈ることしか出来なかった。

神様……は、ファウストさんの監督不行き届きをしているので駄目だ。仏様ならば、なんとかしてくれるだろうか。すぐそばにいる悪魔なら、僕が吐きそうになったらビニル袋くらい差し出してくれるかもしれない。

再び、浮遊感が僕を包む。

気付いた時には、重力に引っ張られている感じは無くなっていた。思わず、身体《からだ》の中のものを戻しそうになったけど、何とか飲み込んだ。

「か、加賀美……、大丈夫……？」

僕は、自分と同じく生身の人間である加賀美を気遣う。加賀美もまた、目を剝いて頰《ほお》を膨《ふく》らませ、モデルにあるまじき顔をしていたが、込み上げて来た何かを無理矢理押し込めると、肩で息をしながらぐったりしていた。

「出そうだった内臓、飲み込んだ……」

「僕も。黒光りするやつの方がマシだった……」

死を覚悟したことはあったけど、死に向かう感覚を味わったのは初めてだ。出来ればば、二度と味わいたくない。

「くるっ、くるっ！」

タマも加賀美の横でぐったりしていたが、前方を見て目を輝かせる。

タマに促《うなが》されるままに僕達もそちらを見やるが、その途端、全ての地獄のような感覚は消え失せた。

「これは……」

「すごい……」

僕と加賀美は、感嘆の声を漏らす。

操縦室の大きなモニタに映されたのは、暗黒の中で煌《きら》めく星々と、青く輝く地球だった。

「マジで地球は青いんだ……」

僕の語彙力は無くなって、そうとしか言えなかった。でも、地球の青はどんな宝石よりも美しく、どんなものでも凌駕《りょうが》出来ないと感じた。

眼下に浮かぶ水の惑星は、時に燃え盛り、時に氷漬けになって、水棲《すいせい》の生き物ばかり棲《す》んでいる時もあれば、カッコいい爬虫《はちゅうるい》類が支配していた時もあり、偶《たま》に地磁気が逆転していたのだと思うと、感慨深かった。

地球の向こうには、銀色の星が浮かんでいた。僕達が見慣れた月だと気付くのに、数秒の時間を有した。

宇宙から見る月は大きく、そして、ひんやりとしていた。

地球で見ていた、太陽の光を受けて輝く姿とは違い、生き物がいない寂しさと、岩肌のごつごつとした感じがダイレクトに伝わって来るような気がした。

宇宙空間で見る月はちょっと怖かったけど、地上で感じるのとはまた違った美しさもあった。それは、ちょっと危ない魅力で、狂気を表す英語に、月が含まれている意味が分かった気がした。

「感動をしているところ、申し訳ありません。『鯱』を見つけました」

ニコの報告に、一気に緊張感が走った。

宇宙船は旋回し、地球を背にする。

僕達のすぐ近くに、黒い機体が迫っていた。

実に、海のギャングである鯱の名前が似合う機体だった。ニコが乗っている円盤とは違い、流線形のシャープなフォルムで、見た目がもう、攻撃力が高そうだった。

「通信が来ているぞ！」

ファウストさんは通信機が反応しているのを見て、ニコの許可を得る前に通信を取ってしまう。

すると、正面のモニタに通信用の画面が現れる。

まさか、敵とのご対面か。だけど、ニコは幼い女の子みたいな姿をしていても成人だっていうし、宇宙海賊とはいえ、見た目は意外と可愛いのではないだろうか。

だが、大きな画面に映されたのは、ごつい輪郭に大きな傷、立派なひげを蓄えた悪《あく》人面《にんづら》の成人男性だった。

「完全に悪の幹部じゃないかー！」

「『鯱』の首領、リリヤンです……！　増援というよりは、本命ですね……」

ニコはモニタに現れた相手に戦慄《せんりつ》する。僕は、別のことで戦慄する。

「リリヤン顔じゃない……。その名前だと、なんかこう、もっと上品なお嬢様って感じだろ……。っていうか、ニコと全然違うし！」

「我々は、個体差があるので……」

「個体差っていうレベルなの!?」

ニコがあまりにも可愛すぎたし、リリヤンはあまりにも怖過ぎた。

「貴様は、治安維持部隊の撃墜王ニコか。私の手下どもが世話になったようだな」

リリヤンは、にやりと口角を吊り上げる。目つきは三白眼で、顎《あご》を突き上げて喋《しゃべ》る姿は滅茶苦茶怖くて、ニコと同じ生命体には見えない。ニコは、お菓子が主食ですと言われても説得力があるほど可愛《かわい》いが、リリヤンは侵略した星の住民が主食ですと言われても納得してしまう恐ろしさがあった。

「あなた達がこの星を植民地化するというのならば、私は駆逐《くちく》するまでです」

「はっ、若造が」

リリヤンは鼻で嗤《わら》った。

「いいだろう。貴様の機体をバラバラにして、先に星で待っている部下達にブレスレットにでもしてくれてやる!」

「ここで初めてリリヤンっぽさが出た!?」

緊張感が漂《ただよ》う空気の中、僕はツッコミが止まらなかった。

「やはり、彼らは生きていたのですね」

「ああ、生きているとも。タカオサンとやらで、海賊行為をしておる!」

「なんてこと……。山中に住まう人々の生活物資を奪っているんですね……!」

ニコはわなわなと震える。

「高尾山《たかおさん》だったら、ビアガーデンでたらふく食べてるのかも……」

加賀美がぽつりと呟く。僕も、海賊行為というよりは、食べ放題という意味のバイキングだと思う。

「精々《せいぜい》、己の無力さを嘆《なげ》くがいい。撃墜王よ！」

「嘆くのはあなたです！　ニコと地球の撃墜王でお相手します！」

『鯱』の通信が切れ、正面にいた黒い機体はゆらりと動く。

「来ます！　マキシ、あなたの席にあるボタンを押してください！　バリアを発動させるのです！」

「了解した」

マキシの目の前には、複雑なパネルとボタンがあった。マキシは迷わず、ボタンをポチッと押す。

それとほぼ同時に、黒い機体から強力なエネルギー砲が発射される。どう見ても攻撃力が高そうで、生身の人間が触れたら一瞬で蒸発しそうだ。

「ぎょえええっ！」

僕と加賀美と、メフィストさんの悲鳴が重なる。

眩《まばゆ》い光が正面モニタを埋め尽くす——前に、電磁バリアが機体を守った。

火花を飛び散らせ、機体に不快な振動を与えながら、バリアに阻《はば》まれたエネルギー砲は霧散《むさん》する。

「成程《なるほど》。今の砲撃《ほうげき》を防ぐのに、この出力が必要なのか」

マキシは瞬《まばた》き一つすることなく、パネルのデジタル画面に表示されたグラフと数値を眺めていた。

「電磁バリアのエネルギーは自動的に充塡されます。充塡完了までにかかる時間は、そちらに表示されています。充塡完了しなくてもバリアは作れますが、その分、効果は低くなります」

「了解した」

マキシはニコから言われたことに頷き、画面に釘付けになる。マキシなりに、防御システムと一体化して計算をしているのだろう。

「本来ならばオートでやれるところなのですが、今は、皆さんのお力を借りるしかないのが歯がゆくて……」

ニコは申し訳なさそうに言う。だが、皆、首を横に振った。

「いいんじゃない？　一人でやるよりも、チームを組んだ方が上手く行く時もある。そうだろう？」

僕に同意を求めたのは、エクサだった。

「エクサ……」

「適切な兵器は僕が選ぶ。カズハ君は戦略を頼むよ」

「えっ、戦略」

「僕よりも、君の方が、戦略が上手そうだからさ。鮮血のブラッド」

「ぎゃああ！　宇宙空間でその名前を呼ばないでくれ！」

なんで大気圏外でも、黒歴史を掘り返されなくてはいけないのか。

僕は早くこの場を収めるために、『鯱』の首領の機体を見やる。

先ほど攻撃してきたのは、機体の下から伸びている主砲と思しきものだろう。そして、流線形の機体には、翼のような部位がある。

「これなら――」

「来ます！　座席にしがみついて！」

ニコは叫び、機体を急発進させる。すると、ショットガンのようなエネルギー弾が、僕達の機体を掠《かす》めて行った。

「危なっ……！」

だが、その攻撃のお陰で、主砲とは別に、機体に小さな銃口があるのに気づいた。

「先ず狙うべきは、あれだ！」と僕は叫ぶ。

「あの飛距離と射撃の速さなら、これがいいかな」

エクサは流れるようにタッチパネルを叩き、僕の作戦に適した兵器を導き出してくれる。

「その後は？」

「先ずは射撃の速い兵器から潰して、その後に主砲を潰す。その後に片方の翼を破壊して、制御不能にしようと思う」

「それで行きましょう。ニコも賛成です」

僕の作戦を聞いていたニコは、こくんと頷いた。

シューティング系のゲームは何回かやったことがある。焦って船の本体から沈めようとすると、船が搭載した兵器によって撃墜されてしまう。だから、脅威を一つ一つ消してから、本体を確実に沈めるのだ。

「頼んだよ、撃墜王」

加賀美がサムズアップをしてみせる。タマは、「くるっ」と真似《まね》をするように前脚を上げてみせた。

「やれやれ。機械のことはさっぱり分かりませんけど、地球のために頑張って下さい」

メフィストさんは溜息を吐きながら、投げやりに言った。でも、僕は知っている。メフィストさんはわざとそんな態度をしているけど、本当は、アパートの住民を、いや、人間達を心配していることに。

「カズハ、俺はお前を信じてる」

マキシが、真っ直ぐな目で僕を見つめる。その眼差しだけで、百人に背中を押されたような気持ちになる。

「インベーダーゲームとやらの成果を見せてくれ！」

ファウストさんはワクワクしながら叫んだ。好奇心旺盛《おうせい》なファウストさんにとって、今の状況は楽しくて仕方がないのだろう。

「もう、インベーダーゲームとか関係ないですけどね。でも、やってやります！」

『鯱』だかリリヤンだか知らないが、相手がドットで出来たインベーダーだと思えば怖くない。

相手の攻撃を避《よ》けながら、僕は銃口を一つ一つ潰していく。ニコが避け損ねてこちらの機体に弾が掠ったが、致命傷ではない。

「申し訳ございません！」

「大丈夫！　肉を切らせて、骨を断つ！」

相手の銃口は、火花を上げたり煙を噴いたりしている方が多くなった。だが、主砲に再びエネルギーを充填させているのを、マキシが気付いて報告してくれる。

「バリアは！」

「完全充填まで、あと六十秒。主砲発射まで、あと三十秒」

「フルパワーでないと、あの攻撃は防げません！」

ニコの悲鳴じみた声に、「平気だ！」と僕は叫んだ。

「その前に、主砲を打ち砕く！」

「カズハ……！」

ニコの腕前なら、今残っている銃口からの攻撃をほとんど避《よ》けることが出来るだろう。だったら、僕は主砲を崩しにかかるしかない。正確に計算をしたわけじゃないけど、ギリギリで出来ると確信している。これは、僕のゲーマーとしての勘だ。

たかが、ゲームの経験と知識と侮《あなど》ることなかれ。

ゲームをする側はピンからキリまでいるが、ゲームを開発する側は基本的に、ちゃんとした根拠に基づいて作っている。

「ゲームをプレイした時に、『意外とちゃんとしてる』っていう奴、何目線なんだよ……。作ってる人達は、ちゃんと取材をしてるんだよ！」

日ごろから溜まっていた怒《いか》りを、敵機の主砲に向けてぶち込んでいく。エクサは連射が得意な兵器に切り替えてくれたらしく、主砲のパーツを次々とひしゃげさせて行った。

「ゲームなんてやめろっていう人もいるけれど、僕の英単語の知識は、ほとんどゲームから学んだんだよ！」

ゲームから何も学ばない者もいれば、学ぶ者もいる。

それは、ゲームに限らないと思う。高い教材を買ったり、高い授業料を払ったりしても、身になる者もいればならない者もいるのと同じだ。

「僕は、ゲームで――」

敵機の主砲は、ついに火花を上げて壊れる。次は、いずれかの翼だ。旋回《せんかい》する時に右翼を中心にしていたので、右利きなんだろう。

「ゲームで、地球を救う！」

右翼の中央を、僕達の宇宙船のレーザー砲が捉《とら》える。黒煙が上がり、敵機は大きく傾《かたむ》いた。

「今です、カズハ！」

「ああ！」

こちらにも、主砲であるエネルギー砲はある。エクサが準備をしてくれていたため、既に発射は可能だった。

「喰《く》らえ！　二度と地球に侵略しに来るな！」

宇宙船全体が小刻みに震え、操作パネル越しにびりびりした感覚が襲って来る。正に全身全霊を賭《と》したと言わんばかりのニコの宇宙船の主砲が、『鯱』の黒い機体を貫いた。

終わった。完璧だ。

今日から、胸を張って撃墜王と名乗ってもいいかもしれない。

「まだだ！」

「えっ」

マキシの声と同時に、噴煙をあげて墜《お》ちて行く黒い機体から、エネルギー砲が発射された。

「わあああっ！」

凄《すさ》まじい衝撃に揺さぶられる。

マキシが咄嗟《とっさ》にバリアを張ってくれたお陰で、何とか直撃は免《まぬか》れた。だけど、チャージが間に合わなかったらしい。エネルギー砲は、機体を掠めてしまった。

「まさか、刺し違える覚悟で……！」

ニコは戦慄する。壊れた主砲にエネルギーを溜め、バラバラになるのを覚悟で撃ったのだろう。そうしなくては、僕達に対抗出来ないからと。

こちらの力を認めたが故の、玉砕覚悟の攻撃だった。

「リリヤン……」

黒い機体は今度こそ大爆発をして、地球に吸い込まれるように消えていく。黒煙と炎が、散り行く花火のような軌跡《きせき》を描いていた。

「いや、ちょっと待てよ。地球に落ちてるし！　地上の人達、大丈夫⁉」

「そんなことより、ぼく達も危なそう！」

加賀美は顔を真っ青にして、タマをぎゅっと抱きしめる。

機体は激しく揺れ、安定しない。そしてついには、廊下の方からバリバリという嫌な音が響いて来た。

「まさか、今ので機体に限界が……」

ニコは息を呑む。

元々、満身創痍《まんしんそうい》のところに滅茶苦茶な補強をしただけだ。ハンズの木材に謎コーティングをして塞《ふさ》いだところもあるし、今まで保《も》っていたこと自体が奇跡かもしれない。

「宇宙服を……！」

僕と加賀美は、席の下に折り畳んであった宇宙服を着ようとする。だけど、間に合いそうにもない。

「宇宙空間で呼吸が出来るか出来ないか以前に、放り出されたら戻って来られないんじゃない!?」

加賀美は悲鳴をあげた。

そうだ。宇宙には地面も壁も空気や水もない。すべては重力任せだ。地球まで泳いで帰るなんてこと、出来ないかもしれない。

「いや。このままだと逆に、地球の引力に引かれるんじゃないかな」

エクサがぽつりと言った。僕は、地球に落ちて行ったリリヤンの船を思い出す。ここはまだ、地球の引力が働く場所なのか。

「正直言って、僕の装備では大気圏突入に耐えられるとは思えない。奇跡的に助かったとしても、君達に見苦しい姿を見せてしまうかもしれないね……」

「そんなこと言ったら、僕達は燃えカスも残らないよ！」

地球に落ちるなら、大気圏突入というイベントがあるはずだ。このまま地球に引き寄せられたら、大気圏に容赦なく突っ込んで、地上につく前に燃え尽きてしまうだろう。

絶体絶命だ。今までの何よりもヤバい。

「皆さん……」

メフィストさんが、未だかつてないほど真剣な表情で、声を振り絞る。

「私とドクトルは、生き残れるかもしれませんが、ドクトルと生き残るくらいならゾウリムシにでも生まれ変わった方がマシです……。だから、手を繋《つな》いでください……」

「最後の記念にってこと……？」

僕は思わず目を丸くするが、次の瞬間、そうでないことに気付いた。

「そうか。転送魔法！」

「成程」

隣にいたマキシも、メフィストさんがやらんとしていることを察した。

メフィストさんは、転送魔法が使える。ただし、とても疲労するため、一日一回が限度だという。

「正直、この人数は初めてなので、どうなるか分かりませんが……」

「それでも、このまま宇宙に放り出されるよりいいよ！　メフィストさん、ファイト！」

加賀美はタマを抱いたまま、メフィストさんの手をぎゅっと握る。

「そうですね……。脱出ポッドは、既に先の戦闘で破壊されていて……。お手数おかけします」

ニコはしょんぼりしながら、タマの前脚をキュッと握る。タマは「くるぅ」と慰《なぐさ》めるように鳴いて、ニコの手をぺろぺろと舐《な》めた。

「死人とはいえ、肉体がある身だからな。燃え尽きるかもしれないし、肉体が滅《ほろ》んだら天の国に逆戻りする可能性がある。俺はもっと、この世界を見て回って、興味深いことを追求していきたいからな。頼んだぞ、メフィスト！」

ファウストさんは、腹立たしいほどの笑顔でメフィストさんの手を握る。メフィストさんは、「後で埋め合わせをして貰《もら》いますよ」とあきれたように溜息を吐いた。

「それじゃあ、僕もお言葉に甘えようかな。勿論《もちろん》、埋め合わせはさせて貰うよ」

エクサはファウストさんの手を握り、マキシに手を差し伸べた。マキシは、その手を取る。

「そうだな。待っている者もいる」

マキシは僕のことを見つめる。僕は、「ああ」と頷いた。

地球では、二葉《ふたば》や両親、友人の永田《ながた》や同じアパートの住民達が待っている。というか、もう講義の時間なので、無断欠席になってしまった。次の講義に出席するためにも、無事に、かつ迅速に帰らなくては。

まだまだ、やるべきこととやりたいことが残っている。それを叶えるために、僕はマキシとしっかり手を繫ぎ、ニコの手を取る。

「では、行きますよ。祈って下さい、主に私に……！」

宇宙船は傾き、廊下から爆発音がした。操縦室の出入り口の扉がひしゃげ、嫌な風が入り込む。

次の瞬間、何度目か分からない爆発によって、扉が吹っ飛び、操縦室のあらゆる機械が宇宙空間へと吸い込まれそうになる。

僕が目にした光景は、そこで終わった。


頰がじりじりと熱い。口の中がじゃりじゃりする。

焼けるような暑さを感じる頰に、何かが止まった。反射的に振り払い、重い瞼《まぶた》を開ける。すると、やけに足の長い虫が、僕の頰から飛び立っていった。

「うっ……ここは……」

僕は、砂の上に寝ていた。身体中が痛いけど、手足は無事なようだ。ぼんやりする頭で、何があったんだっけと記憶の糸を手繰《たぐ》り寄せる。

「はっ、そうだ！　宇宙から帰って来たんだ！　みんなは!?」

僕は周囲を見回す。だけど、馬鐘荘のみんなも、ニコの姿もない。ただ、砂の大地だけが拡がっていた。

「なんだ、ここは……」

遠くには水平線が見える。海だろうか。

「地球……なのか？　でも、こんな……」

人っ子一人見当たらない。既に滅んだ世界のようだ。あの虫も、見たことがない佇《たたず》まいだったし、ここは地球とは別の星なんじゃないかとすら思う。

「いや、まさか……」

僕は、恐ろしいことが頭を過ぎる。

メフィストさんの転送魔法で、空間だけではなく時間まで飛んでいたとしたら、異星のようなこの場所も、未来の地球かもしれない。何処かに、砂に埋まった自由の女神があるかもしれない。

「なんてことだ……」

一体、地球はどうなったのか。そして、僕の仲間は……。

ざっざっと砂を踏みしめる足音がする。反射的に振り返ると、帽子を目深《まぶか》に被《かぶ》り、腕まくりをした人類が二人、こちらにやって来るではないか。

「人間の生き残りなのか……!? えっと、すいません! いや、エクスキューズミー?」

思わず英語にしてみたけど、未来語だったらどうしよう。見た目は日本人っぽい成人男性だけど。

「おう、坊主も調査に来たのか?」

片方の男性は、非常に流暢《りゅうちょう》な日本語で僕に話しかけてくれた。

「えっ、アッ、ハイ?」

「何処の大学なんだ? 一人か? こっちにハンミョウが飛んで行ったんだけど、見なかったたか?」

もう一人の男性も、大変よく分かる日本語で僕に尋ねる。

「ハンミョウ……」

「ん? 鳥取砂丘の生態調査に来た学生じゃないのか」

男性達は首を傾《かし》げる。

「鳥取砂丘……？」

僕は咄嗟に携帯端末を取り出すが、画面は真っ暗で何の反応も示さなかった。僕は、昨晩、充電するのをすっかり忘れていたことを思い出す。

男性達は心配そうに、僕に自分達の携帯端末を見せてくれた。彼らのＧＰＳでは、現在地は鳥取砂丘になっている。

「そうか、鳥取か。人類が滅んだ後のニューヨークじゃなかったんだな……」

僕は胸を撫で下ろす。だが、すぐにツッコミどころがあることに気付いた。

「いやいや！　なんで僕だけ鳥取に!?　っていうか、どうやって帰るの、こんなとこから！」

メフィストさんが大人数に対して転送魔法を使ったので、各々の転送先がずれてしまったのだろうか。男性二人に、他のメンバーがいなかったか聞いてみるものの、心当たりはないという。

僕はたった一人、鳥取砂丘に飛ばされてしまったらしい。

「なんてこった……」

埼玉で生まれ育ち、東京に住んでいる僕にとって、山陰地方は未知の領域だった。

島根県には出雲《いずも》大社もあるし、「神様の領域かな」くらいの認識だった。

男性二人は僕のことを心配してくれて、最寄りの駅の行き方を教えてくれた。因《ちな》みに、最寄り駅まで徒歩で一時間半かかるとのことだった。

ついでに、ハンミョウが何なのかも教えて貰った。どうやら、昨今、数が減っている昆虫の名前らしい。写真を見せて貰ったけど、僕の顔に張り付いていた奴だった。

僕は、男性二人にお礼を言い、ハンミョウがどっちに飛んで行ったかを教え、鳥取砂丘を後にした。

鳥取駅まで、徒歩一時間半。道端で泥のように眠りたいという誘惑に駆られながらも、ボロボロの身体でよろよろと歩く。

そこで、僕は気付いてしまった。鳥取駅まで行って、どうすればいいのかと。

「財布持って来なかったんだけど……」

宇宙戦争に財布はいらない。というか、財布なんて持ってくる余裕はなかった。

携帯端末でモバイル決済は出来るけど、そもそも、携帯端末が充電切れだ。そして、充電をするにはお金が必要だ。

「詰んだ……」

知り合いに連絡をするにも、アドレス帳が携帯端末の中なのでどうしようもない。携帯端末に依存してきた現代人に対する、罰なのだろうか。

僕は一先《ひとま》ず、他人の善意に頼るべく、ヒッチハイクをする道を選んだのであった。


それから、僕は長い時間をかけて東京へ戻った。

ある時はトラックに、ある時はパリピの車に乗せて貰い、鳥取を抜け、山陰地方を抜け、西日本を抜けて、少しずつ東京に近づく。途中で、携帯端末を充電させて貰ったけれど、うんともすんとも言わなかった。「水没させたんじゃないの？　ウケるー」と充電器を貸してくれたパリピは笑っていたけれど、宇宙空間に持って行きましたとは言えなかった。

池袋に帰って来たのは、翌日の午後だった。

「もうだめだ……。疲れた……。ゲームやりたい……」

こんなに長い時間、ゲームをしていないなんて久々ではないだろうか。僕の両腕がわなわなと震える。これは禁断症状だ。

池袋駅西口から公園の脇を通り、雑居ビルの一角へと向かう。ビルとビルの隙間に、迎手があってメフィストさん達が待っている——はずだった。

「あれ？」

ビルとビルの隙間にあったのは、更地だった。

そこだけぽっかりと何もなく、土だけが敷かれている。

「入る路地を間違えたのかな……」

池袋の雑居ビル街は、何処も似たような佇まいだ。僕は周辺をぐるぐると回ってみるけれど、迎手は見つからなかった。

「やっぱり、ここだよな……」

僕は、更地に戻って来た。

周囲のビルにも見覚えがある。近くに知ってるコンビニもあるし、よくいる大陸の言葉を話すお兄さん達もウロウロしていた。

そう、見覚えがある、馴染みの風景だった。ただ一つ、迎手がないことを除いては。

「夢……だったのか……？」

そんな馬鹿な、と自分の憶測を打ち消そうとするものの、今までの出来事自体が、「そんな馬鹿な」の連続だった。

ゲームのやり過ぎで実家を追い出された先が、悪魔が大家をするトンデモアパートで、未来から来た天然イケメン型ロボットに出会い、女の子の格好が好きな小悪魔モデルと友達になり、ヴェロキラプトルの幼体に癒《いや》される。そして、ろくでなしな伝説の錬金術師に振り回され、未来から来たちょっと腹黒なイケメン型ロボットとロボット大戦をして、局所的な氷河期を体験し、地底世界を探検して、宇宙に行くなんて。

「完全に、ヤバいやつの妄想じゃないか……！」

ゲームのし過ぎで夢を見ていたと言われてもおかしくない。夢ならばいっそのこと、ちょっとセクシーなヒロインが欲しかったけど。

でも、馬鐘荘で起こった出来事が、本当に夢か妄想だとしたら、今までの思い出も全て、偽《いつわ》りだったということだろうか。

「そんなの……そんなのってないよ……」

膝から力が抜け、僕の身体は頽《くずお》れた。気付いた時には、涙がアスファルトを濡らしていた。

そんな僕の肩を、誰かがポンと叩く。

通行の邪魔だとでもいうのか。それとも、白昼堂々と泣いているのはキモいということだろうか。

「うう、放っておいてくれ……！　こんな絶望感を味わうなら、いっそのこと、ずっと妄想の中で生きたかった……」

とめどなく流れる涙のせいで、前が良く見えないし、声も震えていた。鼻水は垂れっぱなしで、口の中がしょっぱい。

「だが、カズハ。お前の身体は限界だと判断する。今すぐ、新居に案内したい」

「身体どころか、心も限界だ……！　マキシのことも妄想だったなんて……」

あれ？

マキシの声が聞こえた気がする。声がした方を振り向くと、「妄想？」と首を傾げているマキシの姿があった。

「マキシ！　えっ、実在系男子!?」

「確かに俺は男性型で、実在している」

縋り付く僕を、マキシが受け止めてくれる。服越しに伝わる硬い感触は、間違いなく現実だし、マキシのものだった。

「うおぉぉぉぉん！　マキシ、実在しててよかったよぉぉぉ」

「カズハが良かったと思うことは、俺にとっても良かったと思う」

マキシは相変わらず淡々としていたが、僕の背中をぽんぽんと叩く手はとても優しかった。

「っていうか、どうして迎手がなくなってるんだ!?　馬鐘荘は!?　地底世界は!?」

「順を追って説明したい。まずは、新居へ向かおう」

マキシは顔がぐしゃぐしゃの僕の手を繋ぎ、雑居ビル街の更に奥へと案内してくれる。迷子で泣いていた子供の気持ちになりつつ、僕はマキシとともに向かった。

「ここだ」

目の前にあるのは、古びたビルだった。一階は店舗スペースで、二階以上は住居になっているようだ。店舗スペースの店先では、メフィストさんがせっせと作業をしていた。

「メフィストさん！」

「ああ、カズハ君！　生きていたのですね！」

メフィストさんは僕の姿を見るなり、駆け寄って来てくれる。

「良かった。貴方が戻って来なかったら、ご両親と二葉さんにどう説明したらいいかと思っていました。面倒ごとは嫌いですからねぇ」

「最後の一言はいらないですからね!?」

やっぱりメフィストさんは悪魔だ。面倒ごとをやらずに済むという心底安堵した顔を叩きたい。

「葛城！」

二階の窓から、加賀美がひょっこりと顔を出す。その腕からは、タマが「くるっくるっ」と身を乗り出していた。

加賀美とタマは、ダッシュで外階段を下りてくる。

「生きてたんだ！　スマホに連絡したのに、全然出ないから心配してたんだよ……！」

加賀美は目を潤《うる》ませる。

「ご、ごめん。スマホが死んでたみたいでさ……。加賀美は大丈夫だった？」

「ぼくは、スマホを持って行くの忘れてたんだ」

「その方が良かったと思うよ、スマホのためにも」

うんうん、と僕は頷く。

「でも、ホントに大変でさ。飛ばされた先が、群馬だったんだもん」

「群馬なんて近所じゃないか！　僕は鳥取砂丘だぞ！　鳥取砂丘！」

「うわっ、やば……。鳥取の人達に迷惑掛けなかった……？」

「心配するのはそっち!?　イイ人達だったよ！」

僕はやけくそ半分で叫ぶ。実際、鳥取砂丘は絶景だったし、異国情緒もあってよかったので、また行ってみたい。

「それはともかく、どうして、あの場所から移転したんですか？」

たった一夜で更地にするなんて、ただ事ではない。まるで夜逃げだ。

「ああ。色々と注目を浴びてましてね。そろそろ潮時だなと思ったので、以前から目をつけていた物件に避難したということです」

「本当に夜逃げだ！」

でも、しつこそうな記者のお姉さんに目をつけられていたし、馬鐘荘の秘密を暴かれるのも時間の問題だったのかもしれない。それにまあ、豊島区に迷惑を掛け過ぎたし。

「そう言えば、豊島区に迷惑を掛けた組は……」

「ドクトルとエクサ君は、新装迎手のための資材を買いに行きましたよ。ハンズに」

「ハンズに依存しすぎ問題……」

ファウストさんはもう、ハンズがない天の国には帰れないに違いない。

「雑貨屋である迎手は移転扱いになるとして、馬鐘荘も……ですか？」

「まあ、そうなりますすね。アパートではなく、マンション感が強いのですが」

目の前のビルは五階建てだ。確かに、五階建てのアパートというのは、あまり聞かない気がする。まあ、馬鐘荘は地下五階建てどころではなかったけれど。

「それじゃあ、地底世界は……」

また、住民の業《ごう》の力で掘り進めるのだろうか。しかし、メフィストさんは首を横に振った。

「住民は、ほとんど退去してしまいましたしね。私が思った以上に、地下生活が気に入っていたようで。人間は、カオルさんとカズハ君が残ってくれましたが、新しく掘れるほど業の力はありません」

「さり気なく、僕を強制的に残らせせようとしてますね……？」

「えっ、残らないんですか？」

メフィストさんは、まさかと言わんばかりの表情だ。加賀美とタマは目を丸くして、マキシはこちらの表情を窺《うかが》うように顔を覗き込む。

「ううう……。そんな顔をしないでくれ。他に行く場所なんてないし……」

「そうですねぇ。カズハ君のゲームも、ちゃんと運び込んだことですし」

「ここが僕の故郷です」

反射的に背筋が伸びて、顔がきりりと引き締まる。加賀美は、ゴミを見たような顔でそっぽを向いた。自業自得だけど、僕の心はうっすらと傷つく。

「それじゃあ、業を使って掘るのはもう――」

「やめるとは言ってません」

メフィストさんは、きっぱりと言い放った。

「ほとぼりが冷めた時点で、また、あの土地を取り戻してもいいですしね。タマがいるということは、地底世界は健在なので」

「くるっくるぅ！」

メフィストさんは邪気たっぷりに微笑み、タマは無邪気に鳴いた。また、ドタバタでハチャメチャな日常が戻ってくるようにしか思えない。

「ただ」

メフィストさんは空を仰ぐ。

「人間が向上するものか堕落するものかを証明するより、人間と『今』を生きるのも悪くないと思いました。いずれ地層の一つになる、未来を支える『今』になった方が、大旦那《おおだんな》がいる場所よりも興味深いものを見られると思いましてね」

「メフィストさん……」

メフィストさんの艶《つや》やかな黒髪が、爽《さわ》やかな風に乗ってなびく。

僕もまた、澄み渡った空を仰ごうとしたその時、「おお、カズハ君！」と底抜けに明るい声が飛んで来た。

どうやら、ハンズに買い出しに行ったメンバーが帰ってきたようだ。ファウストさんがこちらに向かって手を振り、エクサが微笑み、その隣ではニコが両手を振っていて——。

「ニコ!?」

「はい！」

ニコは純真無垢《むく》な顔で応じる。

「いや、待って。ニコは母星に帰ったんじゃないの!?」

「ニコの宇宙船、壊れてしまったので……」

ニコは申し訳なさそうに苦笑する。そうだった。つぎはぎで辛《かろ》うじて動いていた宇宙船は、僕達の目の前で崩壊してしまったんだった。

「因みに、リリヤンは脱出ポッドで助かったようで、地球で生き残っていた『鯱』と合流し――」

「まさか、侵略行為を……」

「いいえ。地球の食べ物の美味しさに目覚め、地球で農業を始めようという気になったようです」

「高尾山のグルメに魅せられてる!?」

ツッコミの度に目を剥き過ぎて、そろそろ眼球がこぼれ落ちそうだ。

なんでも、ニコの星では、栄養面と衛生面と効率面を重視した加工食品が多かったらしい。ほぼペースト状のディストピア飯《めし》を食していたということで、地球のご飯はワイルドで美味しそうに見えたのではということだった。僕達がマンガ肉に惹《ひ》かれるのと、似たような感覚なのかもしれない。

「でも、それでよく、農家さんを襲おうとか、そういう発想に至らなかったな……」

「濃度が高い酸素の中で出来ることは、たかが知れてますからね。宇宙船さえなければ、大規模な侵略も出来ませんし、幸い、彼らと接触した人間は優しく心が広い方々だったのでしょう」

「優しさに甘えることにしたのか。強《したた》かな鯱だ……」

結果的に、誰も傷つかず、平和解決出来るならばいいけど。

「でも、酸素問題は大変だよな。ニコも、ずっと宇宙服を着てるのはしんどそうだし」

「それならば、俺に解決策がある！」

解説したくてしょうがないファウストさんは、僕達の間に割って入った。

どうやら、ファウストさんは、酸素濃度を調整するコンパクトな装置を開発するつもりらしい。そこに翻訳機も搭載すれば、宇宙服が無くても地球で過ごせるようになるそうだ。

リリヤンが生きていると知ったニコは、それを交渉に使い、『鯱』に大人しくするよう要求しようとしたが、そんな必要もなく、『鯱』はすっかり現地人に丸め込まれていたとのことだった。

「結果的に、装置はご祝儀として提供することになってしまいました……。ニコは、無力感に打ちひしがれています……」

「ニコは真面目だな……。ま、まあ、そんなことはこれからいっぱいあるさ。そのうち慣れるよ……」

僕は、慰めになっていない言葉を掛ける。でも、いちいち気にしていたら前に進めないのが馬鐘荘だ。しばらく馬鐘荘で過ごすなら、ニコには慣れて貰わなくては。

「彼女の星の仲間が来てくれるようだけど、こっちに救難信号が出せるものがなくて、座標の特定には時間がかかるようでね」

エクサは、ちょっと同情的にニコを見つめる。帰れなくなった自分と重ねて、そうならなければいいなと思っているんだろうか。エクサは油断ならないところがあるけれど、意外とニコと上手くやってくれるかもしれない。

僕は、何と声を掛けたらいいかと悩むものの、すぐに答えは出た。

「その間、撃墜王としての腕が鈍るといけないし、僕の部屋でインベーダーゲームでもしようか」

「はい！」

ニコの表情がぱっと輝く。

侵略者はもういないけど、ゲームの世界はいつだって助けを必要としている。だから、二人の撃墜王の出番だ。

僕は、新たな馬鐘荘に向かって歩き出す。仲間達と一緒に。

「ただいま」

僕が新馬鐘荘にそう声を掛けると、みんなは、「おかえり」と迎えてくれた。

本書は書き下ろしです。

地底《ちてい》アパートの最後《さいご》の訪問者《ほうもんしゃ》

蒼月《あおつき》 海里《かいり》

2021年2月5日初版発行

発行者……………千葉 均
発行所……………株式会社ポプラ社
〒102-8519 東京都千代田区麹町4-2-6
電話……………03-5877-8109(営業)
03-5877-8112(編集)
フォーマットデザイン 荻窪裕司(design clopper)
組版・校閲 株式会社鷗来堂
印刷・製本 中央精版印刷株式会社

乱丁・落丁本はお取り替えいたします。
小社宛にご連絡ください。
電話番号 0120-666-553
受付時間は、月～金曜日、9時～17時です(祝日・休日は除く)。

ポプラ文庫ピュアフル

ホームページ www.poplar.co.jp

N.D.C.913/199p/15cm
ISBN978-4-591-16948-3
P8111310